Angelika Mechtel
Flucht ins fremde Paradies

D1728727

Angelika Mechtel

Flucht
ins fremde Paradies

Otto Maier Ravensburg

Originalausgabe
als Ravensburger Taschenbuch Band 4066
(vorher RTB 1775)
© 1990 Ravensburger Buchverlag Otto Maier GmbH

Umschlagillustration: Eberhard Weißflog

Alle Rechte vorbehalten durch
Ravensburger Buchverlag Otto Maier GmbH
Gesamtherstellung: Ebner Ulm
Printed in Germany

6 5 4 3   95 94 93

ISBN 3-473-54066-8

Erster Tag

1

Seit Freydoun verschwunden ist, kommt sich Farideh viel erwachsener vor, älter als sie mit ihren zwölf Jahren ist. Sie trägt jetzt die Verantwortung, die vorher ihr großer Bruder zu tragen hatte.

Sie weiß, was er vorhat.

»Kommst du mit, oder bleibst du hier?« fragte er gestern abend.

Farideh versuchte, ihn von seinem Vorhaben abzuhalten. »Du kannst doch nicht einfach abhauen!«

Auf keinen Fall wollte sie mitkommen.

»Ich kann, was ich will!« Freydoun ließ sich von seiner fixen Idee nicht abbringen. »Außerdem haue ich nicht ab. Ich finde ihn, und dann wird alles ganz anders!«

»Wenn die Erwachsenen ihn nicht gefunden haben, wie willst du das schaffen? Du kennst dich doch gar nicht aus!«

Freydoun ist vierzehn und einen Kopf größer als Farideh. Er läßt sich nur ungern etwas sagen, und schon gar nicht von der kleinen Schwester. Heute, nach der Schule, hat er sich auf den Weg gemacht.

Jetzt hat er sechs Stunden Vorsprung.

Sie hat ihn nicht verraten. Als Mohammad nach Freydoun fragte, hat sie geschwindelt. »Er ist beim Zahnarzt.«

Zahnarzt ist gut. Zahnarzt dauert in Deutschland immer sehr lange. Sie ist stolz auf ihren Einfall.

»Zahnarzt? Warum erfahr ich das erst jetzt?«

Farideh hat ihr unschuldiges Kleinmädchenlächeln aufgesetzt und die Achseln gezuckt.

Der kräftige Mohammad mit der kurzgeschnittenen Haarborste auf dem Kopf hängt an Freydoun. Seit drei Monaten sind sie unzertrennlich und haben ihre Geheimnisse.

Aber diesmal ist es anders. Diesmal ist nur Farideh eingeweiht. Sie könnte platzen vor Stolz.

Beim Mittagessen wäre es beinahe passiert. Marion hat einen Riecher für Ausreißer.

»He, Fa, dein Bruder hat sich doch nicht etwa abgesetzt?«

Farideh ist es schwergefallen, den Mund zu halten. Aber sie hat Freydoun nicht preisgegeben. Sie hat einfach von der Mathearbeit erzählt, die sie heute schreiben mußte, und Marions »Sag mal, bist du plötzlich bekloppt, oder was?« stillschweigend weggesteckt.

Marion darf so was sagen. Sie ist nämlich etwas Besonderes. Wenn sie die Nase vom Kinderheim, das amtlich ein städtisches Waisenhaus ist, voll hat, haut sie ab. Das traut sich sonst niemand aus der Gruppe.

Nein, es muß heißen: Das hat sich bisher niemand getraut.

Freydoun ist inzwischen längst angekommen und irgendwo in der fremden Stadt untergetaucht. Sechs Stunden sind ein guter Vorsprung.

Nun wird sie beweisen müssen, daß sie zu ihm hält.

Jetzt hat keine Zahnarztpraxis mehr geöffnet. An der Schule findet auch nichts mehr statt. Seine Abwesenheit ist nicht mehr zu verheimlichen. Es ist Abendbrotzeit, und Freydoun fehlt. Sein Stuhl am Tisch ist leer.

Die anderen sitzen, wo sie jeden Abend sitzen, und stop-

fen Marmeladen- und Wurstbrote in sich hinein, als müßten sie die nächsten drei Tage hungern. Farideh hat ihren
Platz zwischen Mariam und Marion und überhaupt keine
Lust, irgend etwas zu essen. Im Magen spürt sie wieder dieses Kribbeln.

»Wo ist Freydoun?« erkundigt sich Mariam flüsternd.
Wenn sie flüstert, hat sie einen Verschwörerblick. Sie und
ihr kleiner Bruder Cyrus sind schon vor einem Jahr aus dem
Iran in die Bundesrepublik gekommen. Farideh antwortet
nicht, verstaut ein Stück Käsebrot im Mund und kaut mühsam darauf herum.

Yvonne scheint der leere Stuhl nicht zu stören. Sie sitzt
neben Tobias, dem Jüngsten aus der Gruppe, und kichert,
weil er sich genüßlich Marmelade vom Brot ins Gesicht
schmiert. Yvonne ist klein und schmächtig, obwohl sie vorgestern schon acht geworden ist. Thorsten legt sich wieder
einmal mit Mohammad an und tritt ihn unterm Tisch gegen
das Schienbein. Spätestens nach dem Essen wird Mohammad ihm dafür eine kleben. Freydouns unbenutzter Teller
steht neben Mohammads auf dem Tisch.

Dann ist da noch Susanne. Susanne, eine der Erzieherinnen, die abwechselnd mit Ulla die Kindergruppe betreut.
Farideh mag Susanne lieber als Ulla. Ulla ist älter und stren-
ger. Außerdem ist Susanne wunderschön. Ihre langen roten
Haare sehen aus wie ein Sonnenuntergang. Nachdenklich
betrachtet sie Freydouns leeren Platz.

»Hat sich Freydoun verspätet, Farideh?« Da ist die Frage.
Am liebsten würde sich Farideh unter dem Tisch verkrie-
chen. Sie schluckt das zerkaute Brot, als müßte sie eine Ka-
kerlake hinunterwürgen, und schüttelt stumm den Kopf.
»Er kommt also nicht?« Überraschung in Susannes Augen,
die grünlich sind wie die Augen von Mama.

»Aha!« Das ist Marion. Es ist ein triumphierendes, befriedigtes Aha.

»Du hast mir doch erzählt, er wär beim Zahnarzt?« Mohammads Haaransatz bewegt sich auf einmal wie ein Hahnenkamm. Ein sicheres Zeichen dafür, daß er panisch nervös ist.

Farideh spürt, wie sie rot wird. Am Tisch ist es still geworden. Selbst Thorsten hat aufgehört zu treten. Nur der vierjährige Tobias mit den hellen Wuschelhaaren begreift nichts.

»Heißt das, Freydoun kommt heute nacht nicht ins Heim zurück?«

Marion grinst unverschämt fröhlich. »Abgehauen!« stellt sie als Fachfrau fest. Farideh nickt. Etwas anderes bleibt ihr gar nicht übrig.

Cyrus mit den schwarzen Knopfaugen, der immer den Mund nicht halten kann, wenn er es besser sollte, schreit mit Piepsstimme über den Tisch: »Vielleicht hat ihn einer entführt?«

»Halt den Mund!« Das ist Mohammad. Es klingt wie ein Befehl.

Susanne macht ein Gesicht, als könne sie das, was Tatsache ist, nicht glauben.

»Weißt du, wo er ist?« fragt sie.

Farideh schweigt. Freydoun erwartet von ihr, daß sie schweigt.

»Farideh, wenn du weißt, wo er ist, wär es besser, du würdest es mir sagen.« Susanne hat längst aufgehört weiterzuessen. Auf ihrem Teller liegt ein angebissenes Stück Leberwurstbrot.

Farideh schweigt beharrlich. Sie darf ihren Bruder nicht im Stich lassen. Auch wenn er etwas tut, was er nicht tun sollte. Oder gilt in diesem Fall ihre Absprache nicht mehr?

»Farideh, überleg doch mal. Was erzählst du euren Eltern, wenn Freydoun etwas zustößt?«

Es fällt Farideh nicht leicht zu schweigen. Jetzt hat sie Angst. Sie weiß nicht, was sie den Eltern sagen würde, wenn.

Auf einmal spürt sie, wie Marion sie mit dem Fuß stupst. Sie kennt dieses Zeichen. Sei bloß ruhig!

»Mach uns die Sache doch nicht so schwer!«

Farideh weicht Susannes Blick aus. Und schweigt. Freydoun braucht Zeit, kostbare Zeit. Wenn das, was er vorhat, klappt, dann wird sich tatsächlich alles verändern.

Aber wenn Freydoun etwas passiert? So leicht ist es nicht, sich auf einmal erwachsen zu fühlen.

Vor dem Zubettgehen wird sie in Hamids Büro geschickt. Er betreut alle persischen Kinder im Heim und ist ihr Freund. Aber Farideh weiß, daß sie auch Hamid nichts sagen wird. Sie läuft die Steinstufen zum Erdgeschoß hinunter und sagt sich: Es wird schon gutgehen! Genauso wie damals, als sie und Freydoun Teheran verlassen mußten. Das war vor einem halben Jahr. Im Januar fing das an, was Freydoun nun zu einem guten Ende bringen will.

2

Von Teheran nach Dubai. Von Dubai nach Athen. Von Athen nach Frankfurt.

Aber sie landeten nicht in Frankfurt.

Die Maschine wurde wegen Nebel umgeleitet.

»Einem fliegenden Teppich würde der Nebel nichts ausmachen!« sagte Freydoun.

»Warum steigen wir dann nicht einfach aus?« fragte Farideh.

Sie stellte sich vor, Freydoun würde den alten Teppich aus dem Gepäckfach über ihren Köpfen holen und ihn auf dem Gang zwischen den Sitzen ausbreiten; dann würde er sich mit gekreuzten Beinen darauf niederlassen und Farideh auffordern, sich hinter ihn zu setzen und die Arme um seinen Oberkörper zu schlingen, damit sie beim Flug auf dem Teppich nicht verlorenginge. Aber er tat es nicht. Und wenn sie ehrlich ist, hat sie im Gegensatz zu Freydoun nie so richtig an die Wunderkräfte des Teppichs geglaubt – auch wenn Bibijun, ihre Großmutter, anderer Meinung war. Sie hatte den Teppich Freydoun wie einen Talisman mit auf die Reise gegeben: »Er wird dich und Farideh beschützen, wenn ihr in Not seid«, hatte sie behauptet. Der Teppich hatte einmal Ali Baba, dem Großvater, gehört. Farideh weiß von ihm nur, daß er aus irgendeinem Grund ins Gefängnis kam und dort gestorben ist.

An Aussteigen war überhaupt nicht zu denken. Es geht auch gar nicht. Wer in ein Flugzeug steigt, muß warten, bis er es wieder verlassen darf. Da sagt niemand: Was ich will, das kann ich auch. Aber darüber denkt sie jetzt erst nach.

Damals hatte sie kein gutes Gefühl.

»Wo liegt Köln eigentlich?«

»Weiß nicht«, antwortete Freydoun.

»In Deutschland?«

»Glaube schon.«

Hoffentlich nicht zu weit von Frankfurt entfernt! In Frankfurt wartete Onkel Hossein auf sie.

Farideh drückte die Stirn gegen das Flugzeugfenster. Das Bullaugenglas war glatt und kühl. Draußen war Nacht. Sie spürte ein Kribbeln im Magen und auf den Ohren einen starken Druck. Der Druck wurde vom Sinkflug der Maschine verursacht. Das Kribbeln hat sie jedesmal, wenn sie am liebsten davonliefe.

Eigentlich wollte sie nach Freydouns Hand greifen und sich festhalten. Aber dazu war sie zu stolz. Er hätte ihre Angst bemerkt. Deshalb steckte sie beide Hände hinter den Sicherheitsgurt.

Vielleicht geschieht ein Wunder? An Wunder glaubte sie zu der Zeit noch eher als an fliegende Teppiche. Vielleicht steht Onkel Hossein gar nicht in Frankfurt, sondern in Köln auf dem Flughafen und holt sie ab? Was geschieht überhaupt, wenn sie endlich in Deutschland angekommen sind?

Eine Nacht, einen Tag und noch einmal einen Teil der Nacht hatte sie mit Freydoun in Flugzeugen und auf Flughäfen zugebracht. Von Teheran nach Dubai. Von Dubai nach Athen. Von Athen nach Frankfurt. Nein. Von Athen nach Köln.

Manchmal schlief sie ein. Einmal, auf dem Flug von Athen nach Frankfurt, weinte sie im Schlaf und wachte davon auf. Sie sah, wie Freydoun sie kopfschüttelnd betrachtete. Er machte ein Gesicht wie Papa, war ganz der überlegene große Bruder.

»Ich hab nur Bauchweh von dem komischen Essen im Flugzeug«, behauptete sie und wischte sich trotzig mit den Fäusten die Tränen aus dem Gesicht.

Wäre es nach ihr gegangen, sie wäre bei den Eltern in Teheran geblieben. Aber es ging nicht nach ihr.

Es geht darum, daß dort, wo sie herkommt, Bomben fallen, und hier in Deutschland das Paradies sein soll. Oder so etwas Ähnliches.

»Sieh mal!« Freydoun lehnte sich vom Nachbarsitz her-

11

über und klopfte aufgeregt gegen das bauchige Glas des Bullaugenfensters.

»Guck mal! Lichter!«

Weit unten in der Dunkelheit lagen Lichter. Zuerst nur weiße und gelbe. Dann kamen sie näher, und Farideh konnte blaue, grüne und rote Lichter erkennen, bewegliche und unbewegliche.

»Sie hatten recht!« Freydoun starrte fasziniert nach unten. »Die Stadt ist tatsächlich nicht verdunkelt!«

Die Lichter kippten unter dem Rumpf der Maschine weg. Farideh hörte das polternde Geräusch im Bauch des Flugzeugs, das sie schon zweimal gehört hatte. Das Fahrgestell wurde ausgefahren. Das hatte ihr die Stewardeß auf dem Flug von Teheran nach Dubai erklärt. Damals war die Maschine noch von der Iran Air, die Stewardeß sprach Farsi und hatte einen winzigen Leberfleck auf der Nasenwurzel, der sie an Mamas Leberfleck unter dem linken Auge erinnerte: Wenn Mama weint, bleibt manchmal eine Träne daran hängen.

Beim Abschied auf dem Flughafen in Teheran weinte sie. Sie nahm Farideh fest in die Arme. »Farideh«, sagte sie, »du bist zwar noch klein. Aber nicht mehr soooo klein –« Mit Daumen und Zeigefinger deutete sie eine Zwergengröße an und lächelte. »Du wirst es schon schaffen! Paß auf Freydoun auf, ja?« Das flüsterte Mama so leise, daß weder Freydoun noch Papa es hören konnten.

Nein, so klein bin ich wirklich nicht.

Papa sprach beim Abschied sehr leise und blickte sich immer wieder um, ängstlich, als könnte ihnen jemand zuhören. »Du hast Freydoun dabei«, sagte er, »er ist dein großer Bruder. Solange *ich* nicht bei dir bin, mußt du tun, was *er* sagt, hörst du? Dann kann dir nichts passieren.«

Sie hatte sich von Freydoun an die Hand nehmen lassen und passierte mit ihm die Paßkontrolle. Sie hörte, wie Freydoun dem Paßbeamten und den Wachleuten mit den Maschinengewehren erzählte, sie flögen zu Tante Elahe nach Dubai. Es war gelogen. Aber so war es abgemacht. Er mußte lügen. Selbst die beiden Rückflugtickets Teheran–Dubai–Teheran waren eine Lüge, eine, für die ihre Eltern viel Geld bezahlt hatten.

In Dubai wartete eine Frau auf sie. Sie gab Freydoun die beiden Flugscheine nach Athen. Diesmal waren es keine Rückflugtickets. Freydoun bezahlte mit amerikanischen Dollarscheinen, die er in den Stiefeln unter den Einlegesohlen aufbewahrte.

Sie kann stolz auf ihren großen Bruder sein. Feige ist er nie gewesen. Er träumt nur manchmal vor sich hin oder spinnt sich etwas zusammen. Oder er wird zum Schweiger. Aber immer dann, wenn es darauf ankommt, ist Verlaß auf Freydoun.

In Athen übergab er den Rest des Geldes einem kleinen, glatzköpfigen Iraner, der sie dafür in die Lufthansa-Maschine nach Frankfurt setzte.

Eine lange Reise und ein langer Weg.

»He! Schläfst du?« Freydoun rüttelte sie unsanft am Arm. »Wir landen gleich! Da sind schon die Landelichter. Guck mal raus!«

Mit einem kräftigen Stoß setzte die Maschine auf der Rollbahn auf. Der Bremsschub drückte Farideh nach vorn gegen den Sicherheitsgurt.

Es war Mittwoch, der 5. Januar 1988.

3

Natürlich war bei ihrer Ankunft alles anders, als es bei der Ankunft Onkel Akbars in Teheran gewesen war. Als Onkel Akbar von seiner Pilgerfahrt nach Mekka, das sie in Persien Makkeh nennen, zurückkam, hatte es Blumengirlanden, fröhliches Geschrei, Umarmungen und unzählige Küsse gegeben; schließlich eine Autokarawane der ganzen Familie vom Flughafen in die Stadt. Es war Frühling gewesen, und von den Bergen hatte ein leichter, kühler Wind durch die Straßen Teherans geweht.

In Köln kamen sie an einem kalten, nebligen Winterabend an. Eigentlich war es schon Nacht. Natürlich hatte Farideh keine Blumengirlanden erwartet, oder vielleicht doch? Eine einzige von Onkel Hossein, die er ihr um den Hals hätte legen können? Wenn sie heute darüber nachdenkt, ist sie nicht ganz sicher.

Der Kölner Flughafen ist viel kleiner als der in Teheran und viel ordentlicher. Er war warm und hell bei ihrer Ankunft. Keine Menschenmassen, kein Gedränge, kein lautstarkes Palaver. Farideh kam sich vor wie in einem Wohnzimmer; es fehlten nur die dicken, weichen Teppiche. Sie war mit ihrem ersten Eindruck von dem, was das Paradies sein sollte, durchaus zufrieden. Sie überlegte sogar, ob diejenigen, die ins echte Paradies eingehen, weil sie gestorben sind, auch zuerst auf einem Flughafen ankommen und von zwei Uniformierten abgeholt werden.

Natürlich waren die Uniformierten keine Engel. Aber auch keine Teufel. Sie trugen Maschinengewehre, und sie waren sogar freundlich. Sie brachten Farideh und Freydoun in ein Büro.

»Hast du auch ganz bestimmt die Adresse und Telefonnummer von Onkel Hossein nicht verloren?« erkundigte sich Farideh flüsternd auf dem Weg.

Freydoun machte sein beleidigtes Gesicht. Er würde doch so wichtige Dinge wie Adressen und Telefonnummern nicht verlieren!

»Wofür hältst du mich? Schließlich hat Papa *mir* die Verantwortung für uns beide übertragen, nicht *dir*!« Seine Stimme klang tiefer als üblich, so, als würde er schon bald ein richtig erwachsener Mann sein. Sie klingt immer so, wenn Freydoun sich in seiner Ehre gekränkt fühlt.

Im Büro holte er dann den Zettel aus der Brusttasche seiner blauen Windjacke. Höflich erklärte er den Uniformierten: »Das sind Adresse und Telefonnummer unseres Onkels. Er erwartet uns auf dem Flughafen in Frankfurt. Könnten Sie ihn bitte anrufen und ihm sagen, daß wir hier sind?«

»Sag ihnen, daß er uns abholen soll!« Farideh war ungeduldig.

»Farideh«, sagte er, »sei bitte still.« Er benahm sich wirklich unglaublich erwachsen. Allerdings ohne Erfolg. Die Uniformierten verstanden kein Wort. Heute weiß sie, daß er gar keinen Erfolg haben konnte. Wer spricht schon Farsi in Deutschland? Die meisten wissen nicht einmal, daß ihre Sprache nicht Persisch, sondern Farsi heißt.

Damals bekam sie einen Schreck. Wie sollten sie hier leben können, wenn sie niemand verstand? Das war ja, als könnte sie auf einmal nicht mehr laufen! Freydoun muß es in diesem Augenblick ähnlich ergangen sein. Er steckte den Zettel zurück und bekam seine dicken Unglücksfalten auf der Stirn.

Die glätteten sich auch nicht, als einer der beiden Männer zwei Becher mit Kakao brachte und sie anlächelte. Der andere telefonierte.

Da saßen sie also vor zwei Kakaobechern in einem heller-leuchteten Büroraum und wußten nicht, wie es weitergehen sollte. Sie hatten nicht viel Gepäck mitgebracht, nur zwei Reisetaschen und das, was sie ihre Schätze nannten: den alten, zerschlissenen Gebetsteppich, den Freydoun zusammengerollt unterm Arm hielt, die Zettel mit den Adressen und Telefonnummern von Onkel Hossein und den Eltern sowie zwei Fotos; eins von Mama und Papa und eins von ihrem Bruder Ahmad. Ahmad war fünfzehn gewesen, als er starb.

Wenn sie ehrlich ist, muß sie zugeben, daß sie damals auf dem Flughafen gar nicht an Ahmad gedacht hat. Sie hatte auf einmal ein anderes, sehr drängendes Problem. Es brachte sie in große Verlegenheit. Heute könnte sie es ohne Freydoun lösen. Aber damals hatte sie wirklich das Gefühl, auf den Bruder angewiesen zu sein wie ein kleines Mädchen. Schließlich stupste sie ihn mit dem Fuß an.

»Was ist?« Freydoun wirkte gereizt. Er überlegte angestrengt, was in dieser Situation zu tun war, und fühlte sich gestört.

»Ich muß mal. Ich muß ganz dringend!«

»Hättest du das nicht im Flugzeug erledigen können?«

»Da mußte ich noch nicht.«

»Und wie stellst du dir das vor? Die beiden können kein Farsi! Wie soll ich sie da nach der Toilette fragen?«

»Und wenn du es auf Englisch versuchst? Du lernst doch seit einem Jahr Englisch auf der Schule.«

Freydoun schnaubte wütend durch die Nase. Dabei blähte er beide Nasenflügel auf. Ein Alarmzeichen.

»So was lernt man nicht im Englischunterricht. Ich könnte höchstens nach dem Weg zum Britischen Museum fragen, aber das hilft uns jetzt nicht weiter.«

16

Farideh vermied es, den Bruder zu fragen, ob es in Köln ein Britisches Museum gebe. Sie versuchte es statt dessen mit einem Trick. Meist hilft er ja: Sie denkt einfach an etwas ganz anderes.

Damals dachte sie an den grünen Kieselstein, den sie am letzten Tag vor ihrem Abflug auf dem Spielplatz im Park gefunden hatte. Sie war mit Mama dort gewesen. Freydoun hatte an dem Nachmittag Schule. Als sie den Stein sah, wußte sie: Den nehme ich mit. Der wird mich immer an den Park erinnern, und er ist ein Stück von zu Hause.

Außer dem Stein hatte sie nur noch ihren Lieblingshund mitgebracht. Es war ein Plüschhund, den irgendwann einer von Papas Universitätskollegen aus Europa mitgebracht hatte. Farideh hatte noch nie so ein Spielzeug gesehen. Kein anderes Kind in ihrer Klasse hatte ein Plüschtier. Er hatte auch schon einen Namen: Monko. Das klang sehr fremd, aber ein europäischer Hund hat eben einen europäischen Namen. Monko hat eine kahle Stelle auf dem Rücken, dort, wo sie zum Einschlafen die Nase in sein Plüschfell steckt, weil Monko so schön nach guten Träumen riecht. Monko war bei der Ankunft in Faridehs Reisetasche verstaut.

Gerade als sie überlegte, ob sie ihn herausholen sollte, kam Hamid ins Büro. Selbstverständlich wußte sie noch nicht, wer Hamid war, aber sie hatte das Gefühl, daß es jetzt irgendwie weitergehen würde. Es überraschte sie gar nicht, als er in Farsi sagte: »Ich bin euer Dolmetscher. Gemeinsam schaffen wir es schon, eure Probleme zu lösen.« Jedesmal, wenn sie mit ihm spricht, erinnert sie Hamid an Onkel Manssur in Teheran: klein und wendig, große braune Augen und ein Wuschelkopf.

Als Hamid zum ersten Mal in ihrem neuen Leben auftauchte, wußte sie nicht, daß er mindestens einmal die Wo-

17

che auf dem Flughafen Flüchtlingskinder abholt, Kinder, die ohne ihre Eltern aus Sri Lanka eintreffen, aus Äthiopien, aus dem Libanon und natürlich aus dem Iran und dem Irak. Aber nur dann, wenn er Kinder aus dem Iran abholt, dolmetscht er selbst. Für alle anderen bringt er Dolmetscher mit. Hamid ist tatsächlich so etwas wie ein Engel oder wenigstens etwas ganz Ähnliches.

Als erstes erkundigte er sich in dieser Nacht, ob sie und Freydoun von ihren Eltern einfach so, auf gut Glück, nach Deutschland geschickt worden seien.

»Nein! Nein!« Freydoun sprang aufgeregt vom Stuhl. Alle Falten auf seiner Stirn waren verschwunden. Er sprach laut und mit einer hohen Jungenstimme. »Wir sollten von Onkel Hossein abgeholt werden!« Diesmal log er nicht. »Ich habe seine Telefonnummer. Die beiden Soldaten dort haben mich nicht verstanden. Könnten Sie bitte Onkel Hossein anrufen?«

»Aber selbstverständlich kann ich das. Wie lange soll euer Besuch denn dauern?« Hamid blieb ruhig und freundlich. Sie hat ihn bisher auch nur einmal wütend erlebt.

Freydoun druckste herum. Die Eltern hatten ihm eingeschärft, vorsichtig zu antworten.

Genau in diesem Augenblick, daran erinnert sich Farideh, dachte sie an Ahmad. Auf einmal hatte sie das Gefühl, ihr Herz würde sich aus dem Körper hämmern. Am selben Tag, an dem sie den grünen Stein gefunden hatte, mußte sie mit ihrer Mutter ansehen, wie eine Gruppe von Jungen, nicht älter als Freydoun, aus einer Schule geholt und auf Armeelastwagen gebracht wurde. Soldaten mit Maschinengewehren standen Wache. Farideh verstand nicht, worum es ging. Sie fragte ihre Mama: »Was machen die?«

»Sei still!« Mama konnte kaum sprechen.

Abends hörte Farideh, wie Mama es leise Papa erzählte.

»Sie holen *alle* Jungen in den Krieg. Sie schicken jetzt die Kinder an die Front und sind stolz darauf, ihre Söhne dem Ayatollah zu opfern!«

An diesem Punkt ihrer Erinnerung ist sie ausgerastet. Farideh weiß nur noch, daß sie plötzlich im Flughafenbüro zu weinen anfing. Es war wie ein Alptraum.

Sie weinte, und dann waren da viele Arme, die sich schützend um sie legten, Hände, die sie streichelten, Küsse von Freydoun, Männerstimmen, weich und beruhigend. Einer sagte: »Deine Schwester ist todmüde!« Das war Hamid. »Wir werden jetzt euren Onkel Hossein anrufen.«

Freydoun breitete Bibijuns Teppich auf dem Fußboden im Büro aus, setzte sich und holte Farideh zu sich herunter, legte ihren Kopf an seine Schulter und hielt sie fest in den Armen.

Hamid ging zum Telefon und wählte Onkel Hosseins Nummer. Es dauerte eine Ewigkeit, bis am anderen Ende der Leitung abgehoben wurde. Farideh fühlte sich müde und erschöpft. Trotzdem wunderte sie sich, daß Hamid am Telefon nicht Farsi sprach. Er redete eine ganze Weile, schien Fragen zu stellen und Antworten zu bekommen. Schließlich beendete er das Gespräch, legte den Hörer auf und blickte nachdenklich auf Farideh und Freydoun hinunter.

»Frag ihn, was Onkel Hossein gesagt hat!« flüsterte Farideh in Freydouns Halsbeuge.

Freydoun räusperte sich, machte den Mund auf, aber Hamid gab ihm schon den Zettel zurück.

»Unter dieser Telefonnummer ist euer Onkel nicht zu erreichen. Die Leute, die jetzt in der Wohnung leben, sind Türken. Sie wissen nichts von eurem Onkel.«

Diesmal war es Freydouns Herz, das anfing zu hämmern. Farideh spürte es bis in seine Schulter klopfen.

»Vielleicht ist nur die Telefonnummer falsch?«

»Aber die Adresse«, antwortete Hamid geduldig, wie er immer geduldig ist, »die Adresse stimmt. Es wohnen nur andere Leute dort, verstehst, du, Freydoun?«

Freydoun schüttelte heftig den Kopf. »Nein!« Er ließ Farideh los und stand erregt vom Boden auf. »Vielleicht haben Sie die falsche Nummer gewählt? Es kann nur ein Fehler sein! Unsere Eltern haben uns zu ihm nach Deutschland geschickt. Er ist ein Cousin meines Vaters. Er muß da sein! Sie müssen die Nummer noch einmal wählen!«

Hamid legte beruhigend eine Hand auf Freydouns Schulter. Freydoun ist beinahe genauso groß wie Hamid.

»Heute nicht mehr«, sagte er, und Farideh glaubte herauszuhören, daß selbst Hamid ein wenig traurig war. »Heute ist es zu spät. Ich verspreche dir, Freydoun, daß wir morgen alles versuchen werden, Onkel Hossein ausfindig zu machen. Aber jetzt bringe ich euch erst mal ins Kinderheim. Dort seid ihr gut aufgehoben, und morgen sehen wir weiter. Einverstanden?«

Kinderheim? Hamid sagte dieses Wort auf Deutsch, und Farideh fand, es klang beruhigend.

4

Die ersten zwei Monate war es Freydoun, der die Briefe nach Hause schrieb. Er behauptete, das sei seine Aufgabe, er sei klüger und älter als Farideh. Älter ist er zweifellos.

Den ersten Brief hat Farideh beinahe wörtlich im Kopf.

Freydoun hatte ihn drei oder vier Tage nach ihrer Ankunft geschrieben, ohne sich vorher mit ihr zu beraten.

Sie saßen im Jungenzimmer. Es war ein regnerischer Vormittag und sehr still im Heim. Die Großen waren in der Schule, die Kleinen im Kindergarten. Das Haus, in dem mehr als hundert deutsche und ausländische Kinder leben, wirkte wie ausgestorben.

Sie hockten im Schneidersitz auf Freydouns Bett, das heute nacht unberührt bleiben wird. Das Zimmer ist ein langgestreckter, heller Raum. An der einen Wand stehen die beiden Etagenbetten für die vier größeren Jungen, in der Ecke neben der Tür steht das Gitterbett für Tobias und an der Wand gegenüber, an der zwei große Pferde-Poster hängen, ein runder Tisch mit fünf Stühlen.

Einer der Stühle ging zu Bruch, als Thorsten vor vier Monaten einquartiert wurde. So was tut er absichtlich. Aber Susanne sagt, man müsse mit Thorsten genausoviel Geduld haben wie mit Tobias. Beide kommen aus kaputten Familien. Farideh weiß längst, daß nicht alles stimmt, was sie zu Anfang glaubte. Damals dachte sie, all die deutschen Kinder wären im Heim, weil sie ihre Eltern verloren haben und Waisenkinder sind.

Freydoun las ihr seinen Brief vor.

»Liebe Eltern«, hörte Farideh und weiß heute noch, daß ihr dabei ein dicker Kloß im Hals saß, »wir sind gut in Deutschland angekommen, aber leider nicht in Frankfurt, sondern in Köln. Ein Landsmann hat uns am Flughafen abgeholt und uns in eine Art Internat untergebracht, das sie Kinderheim nennen. Hamid, der uns abholte, ist vom Direktor beauftragt, sich um die iranischen Kinder zu kümmern. Er ist sehr nett. Man kann ihm vertrauen. Seit drei Tagen sucht er nach Onkel Hossein, denn leider stimmen

21

die Telefonnummer und die Adresse in Frankfurt nicht. Vielleicht habt Ihr eine neue Adresse? Bitte schickt sie uns! Oder ruft uns hier im Heim an!

Wahrscheinlich weiß Onkel Hossein gar nicht, wo er uns finden kann! Aber bis er uns gefunden hat, dürfen wir hierbleiben. Macht Euch also bitte keine Sorgen! Hier ist alles sauber und sehr ordentlich, und die Leute sind freundlich. Wir bekommen gut zu essen und schlafen in zwei verschiedenen Zimmern – Farideh bei den Mädchen und ich bei den Jungen. Leider ist einer der Jungen aus dem Irak. Er heißt Mohammad, und ich werde jedesmal zornig, wenn ich ihn sehe. Schließlich waren es seine Leute, die Ahmad getötet haben.

Wir haben frische weiße Bettwäsche bekommen und Handtücher. Die Menschen hier schlafen nicht mit Wolldecken wie bei uns, sondern unter großen Kissen. Es ist überhaupt vieles anders als zu Hause. Es gefällt uns aber trotzdem, und Ihr braucht Euch keine Sorgen zu machen. Sie haben uns auch warme Kleidung gegeben, denn es ist ziemlich kalt. Ich habe jetzt einen Anorak in meiner Lieblingsfarbe Blau, weil die Windjacke zu kühl war, und Farideh läuft seit heute auch auf der Straße in Jeans herum. Ich hoffe, Ihr seid damit einverstanden. Hier tragen nämlich die meisten Mädchen Jeans. Farideh und ich denken jeden Tag an Euch und beten darum, daß unsere Wohnung nicht bei einem Raketenangriff getroffen wird!

Hier gibt es keine Verdunklung. Die Lichter in den Wohnungen brennen bis tief in die Nacht hinein und die Straßenlampen sogar bis zum Morgen! Wir sind Euch sehr dankbar, daß Ihr uns hierher geschickt habt. Und wir werden bestimmt alles so machen, daß Ihr stolz auf uns sein könnt. Bitte schreibt bald oder ruft an!

Es grüßt und küßt Euch Euer Sohn
Freydoun«

Es war ein langer Brief geworden, und Freydoun hatte sich große Mühe gegeben, ihn sauber zu schreiben. Farideh hätte gern noch etwas angefügt, zum Beispiel ein Wort zum Essen. Das Essen war nicht schlecht. Es war nur fremd. Es gab Dinge, die hatten sie und Freydoun noch nie in ihrem Leben gegessen oder getrunken, zum Beispiel diesen ekelhaften Milchkaffee morgens! Sie sind süßen Tee gewohnt. Und in den vergangenen Tagen hatte es kein einziges Mal Reis gegeben!

Oder zum Beispiel die Sache mit dem Heimweh. Nur in der ersten Nacht war sie zu müde gewesen, um Heimweh zu haben.

Und warum tat Freydoun so, als wären sie in einem Internat? Die Eltern wissen sehr gut, was ein Waisenhaus ist. Aber Freydoun weigerte sich, das an die Eltern zu schreiben. Die hätten genug Sorgen. Und Heimweh wäre ohnehin Kleinmädchenkram. »Wichtig ist«, sagte er damals, als er ihr den Brief vorlas, »daß Papa und Mama das Gefühl haben, es geht uns gut. Nur deshalb haben sie uns hierher geschickt. Ich verbiete dir, ihnen Kummer zu machen!«

Er benahm sich ekelhaft. Aber er war im Recht. Als großer Bruder darf er Verbote aussprechen. Er hat Papas Platz eingenommen, und dem Vater muß sogar ihre Mutter gehorchen. Das ist nie anders gewesen. Nur Bibijun hat eine höhere Stellung in der Familie.

Nun ja. Er verbot ihr, von Heimweh zu schreiben, aber er hatte ihr nicht verboten zu seufzen. Farideh seufzte also, nicht sehr laut, aber auch nicht so leise, daß Freydoun es hätte überhören können.

»Grüße und Küsse«, schrieb sie unter die Telefonnummer an den Schluß des Briefes, »Grüße und Küsse von Eurer Tochter Farideh.«

Sie reichte Freydoun die Briefblätter zurück und spürte ganz genau, daß auch Freydoun ein Kloß im Hals saß. Er schluckte heftig, faltete die Blätter zusammen und steckte sie in einen Luftpostumschlag. Hamid brachte ihn noch am selben Tag für sie zur Post.

Zehn Tage später kam der erste Anruf aus Teheran. Auch durchs Telefon schickte Farideh Küsse, zwei für Papa und zwei für Mama. Freydoun fand es albern, ein Telefon zu küssen. In Persien küßt niemand ein Telefon. So verrückt ist nur Farideh.

5

Danach war klar, daß sie vorerst im städtischen Waisenhaus bleiben würden. Der Vater hatte es so entschieden. Wo Onkel Hossein abgeblieben war, konnte er nicht sagen. »Ich kümmere mich darum. Macht euch keine Sorgen und seid fleißig und höflich. Macht mir keine Schande!«

Sie hätte an diesem Abend schon bemerken können, daß Freydoun ins Grübeln kam . . .

Sie saßen zum ersten Mal in Hamids Büro, unten im Parterre des Heims. Es war dämmrig, und Hamid knipste zuerst die Deckenlampe an, dann die auf dem Schreibtisch. Farideh entdeckte die Topfpflanzen. Sie sahen aus, als bekämen sie zuwenig Wasser. Das ganze Fensterbrett stand voller grüner Pflanzen. Die Bäume draußen vor dem Fenster waren kahl.

Freydoun bekam wieder diese dicken Falten auf der Stirn.

»Wie geht es nun weiter?« Dabei starrte er an Farideh vorbei auf eine Regalwand, die mit Aktenordnern gefüllt war.

Hamid antwortete freundlich. »Wie es mit allen Kindern weitergeht, die wie ihr hier ankommen. Das Heim wird für euch eine Aufenthaltsgenehmigung beantragen, und das Jugendamt übernimmt die Vormundschaft. Ihr geht zur Schule, lernt Deutsch, macht eure Ausbildung, und wenn Freydoun sechzehn wird, müssen wir überlegen, ob wir für ihn einen Asylantrag stellen. Aber bis dahin ist noch viel Zeit. Wichtig ist erst mal, daß ihr beiden euch gut einlebt.«

»Was bedeutet das: Vormundschaft?«

»Vormundschaft bedeutet, daß alle Entscheidungen, die früher eure Eltern für euch trafen, von nun an das Jugendamt trifft.«

»Das Jugendamt darf über mich bestimmen, als ob es mein Vater wäre?« Freydoun tat so, als ginge es nur um ihn. Er tat überhaupt so, als wäre Farideh gar nicht vorhanden.

»Stell es dir nicht so schlimm vor«, sagte Hamid.

»Das geht nicht!« Freydoun wurde patzig wie ein kleiner Junge. »Ein Amt kann doch kein Vater sein! Das ist unmöglich!«

Er ist enttäuscht, dachte Farideh. Er hat sich alles ganz anders vorgestellt: Er hat geglaubt, Onkel Hossein hätte in Frankfurt ein Haus, wie Bibijun eins in Teheran hat, und er würde ihn in Deutschland auf eine gute Schule und später auf die Universität schicken. »Dann werde ich Arzt«, hatte Freydoun geprahlt, »oder Ingenieur! Damit läßt sich viel mehr Geld verdienen, als Papa an der Universität verdient!« Außerdem wünschte er sich ein Fahrrad. Onkel Hossein würde ihm sicher eins schenken; Vater hatte es ihm wegen des Verkehrs in Teheran verweigert.

Farideh erinnerte sich gut. Vom Fahrrad hatte Freydoun

noch am letzten Sonntag vor ihrer Abreise geschwärmt. Das war in Bibijuns Haus gewesen. Sie saßen auf dem Boden des großen Zimmers, in dem sie immer saßen, wenn die Familie zusammenkam. Bibijuns Haus ist längst nicht so modern eingerichtet wie die Wohnung der Eltern. Sie lebt noch so altmodisch, wie sie es seit ihrer Kindheit gewohnt ist. Deshalb ist der Boden des großen Zimmers von einem Ende zum anderen mit dicken, weichen Teppichen ausgelegt. Es gibt keine Möbel. Nur in der Ecke ein Fernsehgerät. An diesem Tag waren auf den Teppichen Plastikdecken für das Essen ausgebreitet. Es gab Salate und Lawasch, das große, runde, papierdünne Brot, und Joghurt und Reis auf silbernen Platten; es gab den Schafskäse, den Farideh nicht mag, weil er so scharf ist, Lammfleisch in Soße und Hühnchen. Ehe das Essen aufgetragen worden war, hatten alle Pistazien geknabbert. Freydoun hatte sich außerdem die Hosentaschen damit vollgestopft. Er ist ganz wild auf Pistazien.

Tante Malakeh und Baba Akbar waren gekommen, Onkel Manssur und und Onkel Abbas. Ihnen allen erläuterte Papa seinen Entschluß, Farideh und Freydoun nach Deutschland zu schicken.

Papa sagte ungefähr folgendes: »Ihr wißt alle, was mit meinem Sohn Ahmad passiert ist. Ihr wißt, was täglich in Teheran geschieht. Wenn keine Bomben fallen und keine Raketen einschlagen, dann müssen wir Angst davor haben, zu sagen, was wir denken, weil die Geheimpolizei zuhören und uns verhaften könnte. Denkt nur an meinen Vater! An Ali Baba, Bibijuns Mann. Wir wissen bis heute nicht, warum sie ihn ins Gefängnis brachten und warum er dort gestorben ist. Deshalb ist meine Entscheidung gefallen. Ich schicke Freydoun und Farideh nach Deutschland. Es kostet viel Geld, mehr, als ich habe, und ich könnte es nicht tun, wenn Bibijun nicht etwas von ihren Ersparnissen dazugeben würde. Es fällt mir nicht leicht, meine Kinder in ein fremdes Land zu schicken. Glaubt mir, wir tun es aus Liebe. In Deutschland gibt es keinen Krieg, in dem Kinder an die Front geschickt und getötet werden. Es fallen keine Bomben. Es gibt kein Giftgas, es gibt auch keine Geheimpolizei, keine Folter und keine Hinrichtungen. Dafür gibt es Schulen und Universitäten, auf denen zu lernen eine Chance für die Zukunft bedeutet. Ich bin sicher, Freydoun und Farideh werden dort ihren Weg gehen, und wir werden stolz auf sie sein.«

An dieser Stelle verschluckte sich Freydoun. Eine Pistazie war ihm im Hals steckengeblieben. Er wagte nicht zu husten und bekam einen hochroten Kopf. Er wäre sicher erstickt, hätte Bibijun es nicht bemerkt und ihm so kräftig auf den Rücken geklopft, daß Freydoun laut aufschrie. Daraufhin wartete Papa mit seiner Ansprache, bis Freydoun das Problem mit der Pistazie gelöst hatte.

Zum Schluß sagte er: »Wir schicken unsere Kinder auf die Flucht in ein fremdes Land, aber ich hoffe, wir schicken sie nicht ins Ungewisse, denn sicherlich wird sich mein Cousin Hossein in Frankfurt um sie kümmern können, auch wenn wir seit Monaten nichts mehr von ihm gehört haben.«

Seit Monaten? Moment mal! Das ist es doch!

Aufgeregt kehrte Farideh in die Wirklichkeit zurück. »Ich hab's!« Sie schrie vor Aufregung. »Ich hab's!«

»Du kannst doch nicht einfach dazwischenschreien!« Das war Freydoun.

»Was hast du?« erkundigte sich Hamid.

Farideh sprang vom Stuhl auf. Sie war ganz zappelig.

»Erinnerst du dich, Freydoun? Papa hat schon in Teheran gesagt, daß er seit Monaten nichts mehr von Onkel Hossein gehört hat!«

»Und?«

Freydoun begriff nichts! Warum begreift er nicht? dachte sie. Er ist doch älter als ich. Er müßte viel mehr begreifen als ich. Sie setzte sich wieder auf ihren Stuhl und versuchte, es ihm zu erklären.

»Du weißt, was wir mit den Eltern ausgemacht haben? Wir haben versprochen, mindestens einmal im Monat einen Brief an sie zu schreiben, egal was passiert, egal wo wir sind, nur damit sie wissen, wie es uns geht. Das gleiche haben sie bestimmt auch mit Onkel Hossein vereinbart, als er vor einem Jahr nach Deutschland ging. Verstehst du? Wenn er seit Monaten keinen Brief geschrieben hat, dann ist etwas geschehen. Dann geht es ihm nicht gut. Vielleicht sitzt er im Gefängnis und kann nicht schreiben?«

Freydoun starrte sie an, als wäre sie ein Ungeheuer, und Farideh entdeckte zum ersten Mal Angst in seinen Augen. Die Angst war nur für Sekunden sichtbar. Danach verschloß sich sein Gesicht wie eine Haustür, die jemand zuwirft.

Hamid mußte das gleiche in Freydouns Augen gesehen haben. Er warf Farideh einen fragenden Blick zu und legte dann die Hand auf Freydouns Arm. »Dein Vater hat gesagt, er wird sich darum kümmern, Freydoun! Ich glaube nicht, daß euer Onkel Hossein im Gefängnis ist. In Deutschland darf man aus den Gefängnissen Briefe nach Hause schreiben. Das hätte er längst getan. Vielleicht –«, Hamid zögerte, und Farideh bemerkte dieses Zögern genau, »vielleicht hat er keine Zeit zu schreiben, weil er mit seinen Geschäften beschäftigt ist?«

Freydoun antwortete nicht. Er preßte die Lippen zusammen, als würde er es sich verbieten, irgend etwas dazu zu sagen. Wovor hatte er Angst? Sie hätte ihn gern in den Arm genommen, um ihn zu trösten, aber Freydoun konnte es nicht leiden, von einem Mädchen in den Arm genommen zu werden. Deshalb streichelte sie nur ganz schnell unter dem Tisch über sein Knie.

»Freydoun«, sagte sie leise, »denk an etwas anderes. Vielleicht schenkt dir das Amt ein Fahrrad? Du könntest Hamid doch fragen, oder?«

Freydoun zuckte nur mit den Schultern.

6

Freydoun schwieg drei Tage lang.

Die ersten beiden Tagen fiel es nicht auf, da die Kinder im Heim Deutsch oder eine andere fremde Sprache sprechen. Am dritten Tag saß er schweigend neben Farideh in einem Klassenzimmer mit hohen Glasfenstern. Für Farideh war das neu und aufregend. Sie saß zum ersten Mal mit Freydoun gemeinsam im Unterricht; normalerweise ging Freydoun in eine höhere Klasse, und außerdem gab es in Teheran nur getrennte Schulen, solche für Mädchen und solche für Jungen.

Diese Klasse, so hatte es Hamid ihr erklärt, war eine Förderklasse. In einer Förderklasse werden ausländische Kinder erst einmal in Deutsch unterrichtet, ehe sie, ihrem Alter und ihrem Kenntnisstand entsprechend, auf andere Klassen verteilt werden.

Freydoun saß neben ihr, als hätte er die Sprache verloren,

und machte ein Gesicht, das zeigte, wie fest er immer noch seine Tür verschlossen hielt. Er bewegte sich nicht auf seinem Stuhl, starrte nach vorn zur Lehrerin, die Hände in den Schoß gelegt, wie es in der Schule in Teheran verlangt wurde, und tat so, als ginge ihn nichts in der Welt etwas an.

Farideh hatte schon über die Stühle und Tische gestaunt. In ihrer Schule daheim hatte sie mit vier anderen Mädchen auf einer hölzernen Schulbank gesessen. Es gab keine Tische, nur Schreibplatten, die an die Bank geschraubt sind. Das Klassenzimmer war düster und die Fenster so eng, daß sie nicht in den Himmel gucken konnte wie hier.

Hier gefiel es ihr gut, auch wenn sie kein Wort verstand. Die Lehrerin sprach nur Deutsch. Logisch! Niemand kann von ihr verlangen, fünf oder sechs verschiedene Sprachen zu sprechen.

An diesem Morgen ließ sie die Kinder ein Lied singen. Es hatte viele Strophen, und weil Farideh noch nicht mitsingen konnte, beobachtete sie die Wolkenberge, die ein heftiger Wind über den Himmel fegte, und überlegte, ob es im Paradies wohl Kakerlaken gab.

Sie dachte manchmal so komische Sachen. Daß es im Paradies Schulen gibt, davon war sie überzeugt. Schließlich sterben auch Kinder. Wenn es aber Schulen gibt, muß es auch Kakerlaken geben. In der Schultoilette in Teheran gab es ekelhafte Prachtexemplare. Einmal hatte Mama eine in der Küche entdeckt! Ach, Mamas Küche! Wenn sie sich doch schnell auf eine Wolke setzen und hinüberfliegen könnte! Nur für einen kurzen Besuch! Mamas Küche wäre tatsächlich ein Paradies.

Freydoun saß immer noch unbeweglich neben ihr. Die Kinder sangen. Farideh ließ das fremde Lied über sich hinwegtönen und betrachtete die Lehrerin. Sie mußte dreißig sein oder so. Die Haare trug sie kurzgeschnitten wie ein Junge. Aber sie sah nett aus, überhaupt nicht streng. Wahrscheinlich, überlegte Farideh damals, hat sie nicht einmal einen Stock, mit dem sie die Kinder bestraft, die ungehorsam sind oder einen Fehler machen. Heute weiß sie, daß es stimmt.

Als sie an den Stock dachte, spürte sie einen Schmerz in der Hand.

Das Lied, das die Kinder sangen, bekam plötzlich eine andere Melodie: Farideh hörte wieder den Singsang ihrer Klasse in Teheran. Es war immer der gleiche Singsang, in dem die Mädchen der Lehrerin im Chor antworteten. Farideh sah sich wieder auf der Bank neben Sorayá sitzen. Im Winter hatte der Stoff der grauen Schulkleider, die sie tragen mußten, nach Feuchtigkeit gerochen. Die Stockschläge auf die Innenfläche der rechten Hand hatte sie bekommen, als sie in einer Pause das schwarze Kopftuch verlor, das auch die jungen Mädchen der Schule tief in die Stirn hineinziehen müssen, damit sie ähnlich verhüllt sind wie die erwachsenen Frauen. Weil sie es nicht wiederfand, wurde sie bestraft und danach auf den Flur hinausgeschickt. Der Flur war dunkel und ohne Fenster. An der Decke hing eine Glühbirne, die nur wenig Licht gab. Es roch muffig. An den Wänden blätterte der Verputz ab. Farideh spürte den brennenden Schmerz in der Hand, die rot war und langsam anschwoll, aber sie verbot sich zu weinen. Sie wartete darauf, in die Klasse zurückgerufen zu werden, hörte den Singsang der eigenen Klasse und den anderer Klassen gedämpft auf den Flur dringen und betrachtete die Bilder, die zwischen den verschlossenen Klassenzimmertüren an den grauen Wandstücken hingen. Sie erinnert sich nur noch an zwei. Eines zeigte den Ayatollah Khomeini, das andere einen Sol-

31

daten, der neben seinem Gewehr stand: stolz und mit einem Blick, als wollte er sich über sie lustig machen.

Wie weit das jetzt alles weg ist!

Ganz allmählich verschwand der Schmerz in ihrer Hand, und langsam kehrte sie in den hohen, hellen Klassenraum auf den Stuhl neben Freydoun zurück. Sie hatte das Gefühl, in Wirklichkeit gar nicht von Teheran nach Dubai, von Dubai nach Athen und schließlich von Athen nach Köln geflogen zu sein, sondern von Teheran auf einen anderen Stern.

»Freydoun!« Das war die Lehrerin. Farideh schreckte auf. Warum wurde Freydoun nach vorne gerufen? Hatte er etwas falsch gemacht?

Er saß neben ihr und rührte sich nicht.

»Freydoun!« Behutsam stupste Farideh mit dem Ellenbogen ihren Bruder in die Seite. Er wird doch nicht eingeschlafen sein? Im Unterricht einschlafen bringt mindestens so viele Stockschläge wie der Verlust des Kopftuchs!

Der Stoß tat seine Wirkung. Freydoun erhob sich, seine Bewegung war langsam und abgezirkelt, als hätte er Mühe, sich überhaupt zu bewegen. Nun stand er neben Farideh, blickte stumm geradeaus und wartete offensichtlich. Die Lehrerin sagte etwas auf Deutsch. Freydoun reagierte nicht.

Die Lehrerin bat ein Mädchen aus der vordersten Reihe zu übersetzen. Das Mädchen hatte eine helle, hohe Stimme, war etwa gleich alt mit Farideh und sprach ein klares, reines Farsi, wie Farideh es bisher nur von Bibijun gehört hatte.

»Frau Tizian sagte: Freydoun, möchtest du dich der Klasse vorstellen uns und sagen, wie du heißt, wie alt du bist und seit wann du in Köln lebst?«

Farideh sah, daß Freydoun ein klein wenig rot wurde. Er atmete tief durch. Einmal. Und noch einmal. Als wäre es eine Anstrengung, die zugeworfene Tür zu öffnen. Dann nickte er.

»Ich heiße Freydoun«, antwortete er dem Mädchen in seiner Sprache, »bin vierzehn Jahre alt und seit fünfzehn«, er überlegte, rechnete nach, »nein, seit sechzehn Tagen in Köln.« Farideh hörte, wie er erleichtert aufatmete.

Das Mädchen übersetzte seine Antwort, und die Lehrerin wollte sich gerade bedanken, als Freydoun ihr lebhaft ins Wort fiel. Er deutete auf Farideh. »Und das ist meine kleine Schwester Farideh. Sie ist erst zwölf und genauso lange in Köln wie ich!«

Die Klasse lachte, Frau Tizian nickte lächelnd und ließ übersetzen: »Es ist schön, daß du uns das sagst, Freydoun. Ich werde Farideh gleich selbst fragen.«

Freydoun wurde nun richtig rot, und Farideh überlegte, was er wohl verkehrt gemacht hatte. Warum lachte die Klasse, wenn er sich schützend vor sie stellte und für sie das Wort ergriff? Es war seine Aufgabe als großer Bruder.

Aber dann vergaß sie, weiter darüber nachzudenken. Sie lernte die ersten deutschen Sätze. Sie begann, eine fremde Sprache zu lernen, lernte fremde Buchstaben und schrieb zum ersten Mal von links nach rechts und nicht von rechts nach links, wie sie es gewohnt war.

7

Das Heimweh kam meistens nachts; manchmal auch tagsüber. Dann bat sie Freydoun, die Fotos ansehen zu dürfen.

Er hütet ihre Schätze unter der Matratze. Dort liegt Ali Babas Teppich, und darunter sind die beiden Zettel mit den Adressen und Telefonnummern versteckt. Onkel Hosseins falsche Anschrift hat er nie weggeworfen. Sie wird nachsehen müssen, ob er die Schätze mitgenommen hat.

Heute ist das mit dem Heimweh nicht mehr so schlimm. Damals hatte Farideh das Gefühl, vom Heimweh aufgefressen zu werden. Heimweh ist wie ein Monster. Aber die Monstergeschichten, die hat sie erst hier kennengelernt. Daran ist Yvonne schuld.

Wenn Farideh jedenfalls tagsüber Heimweh bekam, paßte Freydoun einen Augenblick ab, in dem keiner der anderen Jungen im Zimmer war. Dann holte er die Schätze unter der Matratze hervor, rollte den Teppich zusammen und klemmte ihn sich unter den Arm; die Fotos und die Zettel steckte er in die Gesäßtasche.

Im Keller des Heims hatten sie den Heizungsraum entdeckt. Er stinkt nach Öl, der Motor des Zentralheizungskessels brummt, und es ist stickig warm. Dort breitete Freydoun den Teppich auf dem Betonboden aus und setzte sich mit gekreuzten Beinen darauf. Farideh hockte sich neben ihn auf die Fersen. Er betrachtete zuerst Ahmads Foto, dann das der Eltern. Farideh wollte zuerst die Eltern sehen.

Es ist ein Foto aus dem vergangenen Sommer. Mama sitzt in Bibijuns Korbstuhl unter dem Feigenbaum im Hof, Papa steht daneben, die rechte Hand auf die Rückenlehne gelehnt, die linke in der Hosentasche. Er trägt weiße Sommerhosen und ein hellblaues, offenes Hemd. Mama hat einen gelblichen Seidenschal über das rotbraun gefärbte Haar gelegt. Im Haus tragen sie, Bibijun und die Tanten

34

keine schwarzen Kopftücher oder gar den Tschador.* Der Schal ist wunderschön und paßt zu den grünlichen Augen. Mama hat ihn ihr beim Abschied geschenkt.

Wenn sie das Foto von Ahmad ansah, mußte sie meistens weinen. Papa hatte es bei der Feier zu Bibijuns achtzigsten Geburtstag aufgenommen. Ahmad sitzt in Bibijuns Wohnzimmer mit gekreuzten Beinen auf dem Teppich und stopft sich einen Hähnchenschenkel in den Mund. Er hatte Mamas Augenfarbe. Ein fröhlicher Junge, ein bißchen dick. Eine Haarsträhne hängt ihm in die Stirn, und rings um ihn her stehen Platten und Schüsseln mit Eßbarem. Farideh erinnert sich: Bibijun hatte es angeordnet. All die Köstlichkeiten sollten auf dem Foto mit zu sehen sein. Wenn Bibijun Anordnungen gibt, wagt ihr niemand zu widersprechen. Selbst der Vater gehorcht ihr.

Tagsüber hatte Farideh die Fotos und Freydoun.

Nachts hatte sie Monko. Sie kroch mit ihm unter die Bettdecke. Dort konnte sie reden, ohne von den anderen Mädchen gehört zu werden. Sie klärte ihn über alles auf, was schieflief: »Stell dir vor«, sagte sie zum Beispiel, »Onkel Hossein hat sich entweder in Luft aufgelöst, oder er hat ein anderes Paradies gefunden. Das ist meine Meinung. Freydoun denkt anders. Er sagt, ein Mensch könne sich nicht in Luft auflösen. Und er würde ernsthaft so lange nachdenken, bis er weiß, was wirklich los ist.«

Oder sie sagte: »Also, wenn du mich fragst, Monko, dann muß ich sagen, daß dieses Deutschland tatsächlich ein seltsames Paradies ist. Wer hat schon davon gehört, daß es im Paradies Ämter für Kinder statt Eltern gibt und daß ein Onkel vom Erdboden verschwindet?«

* (von persischen Frauen getragener) langer, den Kopf und teilweise das Gesicht und den Körper bedeckender Umhang

Sie erzählte Monko auch von der Schule, die ihr Spaß machte. Und von Freydoun, der Heimweh als Kleinmädchenkram abtat, so als hätte er keines. Dabei tat er nur so erwachsen. »Weißt du, Monko, es ist ziemlich schlimm, daß Eltern vom Heimweh ihrer Kinder nichts wissen dürfen! Nur weil sie unglücklich wären zu erfahren, daß wir nicht glücklich sind.«

Eines Morgens war Monko verschwunden, obwohl Farideh nachts die Nase fest in Monkos Rücken gedrückt hatte, um schöne Träume zu haben. Er war weg und nirgends im Zimmer aufzutreiben.

Heute wüßte sie, wo sie suchen muß. Damals war es eine Katastrophe. Sie hatte gerade erst gelernt zu sagen: »Ich heiße Farideh, bin zwölf Jahre alt und lebe jetzt in Köln. Es gefällt mir gut in Deutschland.«

Damit konnte sie Frau Tizian eine Freude machen. Monko ließ sich so nicht auftreiben. Hamid war an diesem Morgen nicht im Haus, Mariam schon zur Schule unterwegs. Niemand verstand, wonach sie verzweifelt suchte. Erst beim Mittagessen dolmetschte Mariam.

Nachmittags brachte Yvonne Monko an. Er war naß und schmutzig und stank.

Mariam klärte Farideh auf. »Yvonne behauptet, dein Plüschtier im Garten gefunden zu haben, aber sie lügt. Yvonne stiehlt. Sie hat dich beklaut, wie sie mich beklaut hat, als ich neu in die Gruppe kam.«

»Was macht sie mit den fremden Sachen?«

»Meistens wirft sie sie in die Mülltonne, damit Susanne nicht merkt, daß sie gestohlen hat.«

Susanne sagte etwas auf Deutsch. Farideh konnte es nicht verstehen, aber es klang tröstend. Sie drückte den stinkenden Monko an sich. Schließlich nahm Susanne sie an der Hand, ging mit ihr ins Bad und half ihr, Monko zu waschen.

Abends wartete Farideh, bis Yvonne, Mariam und Marion schliefen. Dann rollte sie sich mit Monko unter der Decke zusammen. »Wenn es Wunder gäbe«, flüsterte sie dem Plüschhund ins Schlappohr, »wünschte ich mir, daß sie passieren. Daß der Krieg aufhört, so daß ich von einem Augenblick zum anderen mit Freydoun nach Hause zurückkehren kann!«

Nur Kleinkinder glauben daran, daß es Wunder gibt. Wunder, die Leuten wie ihr und Freydoun aus der Klemme helfen würden. Einfach so.

Heute wartet sie nicht mehr darauf. Sie weiß nicht mehr wann, aber irgendwann hat sie zu ihrem Bruder gesagt, daß alles noch viel schlimmer hätte kommen können.

»Schlimmer?« Freydoun hatte damals höhnisch gelacht.

»Na ja, eins der Flugzeuge hätte abstürzen können. Oder, stell dir vor, die Polizei in Teheran hätte die Eltern ins Gefängnis gesteckt. Oder die Deutschen hätten uns zurückgeschickt!«

Freydoun blähte die Nasenflügel auf. »Was weißt *du* schon, was schlimmer ist?«

»Immerhin«, Farideh versuchte aufzutrumpfen, »immerhin gibt es keine Kakerlaken und keinen Krieg in Köln!«

»Na und? Dafür sind wie in einem Heim eingesperrt, und ein Amt sagt, was wir nicht tun dürfen!«

»Aber wir haben doch Hamid!«

Hamid nahm sie in der ersten Zeit häufig mit, wenn er nachmittags in der Stadt zu tun hatte. Es gab Straßenbahnen zu entdecken, Straßenbahnen, die überall hinfahren, unterirdische Haltestellen, Supermärkte und Kaufhäuser, einen großen Bahnhof, aus dem hinaus Züge über eine eiserne Brücke in die ganze Welt fahren, einen riesigen schwarzen Dom, der so etwas wie eine Moschee sein soll, den Rhein mit Lastkähnen und weißen Ausflugsschiffen, Lebensmittelläden, vor denen niemand Schlange steht. Und die Bäckereien! So viele fremde Brotsorten hatte Farideh noch nie in ihrem Leben gesehen. Am liebsten hätte sie in jedes einzelne Brot zum Probieren hineingebissen. Heute weiß sie, daß sie enttäuscht gewesen wäre: Keins schmeckt wie Lawasch.

Es gab andere Läden zu entdecken; Läden für Kleider, Schuhe und Spielzeug. Einmal waren sie im Hallenbad. Mädchen und Jungen gemeinsam. Ein einziges Mal begegneten sie einer Frau im schwarzen Tschador. Die Türkinnen tragen allerdings Kopftücher, wie es bei ihnen zu Hause üblich ist.

Farideh machte Freydoun darauf aufmerksam. Er zuckte nur die Schultern.

Einmal glaubte er eine Bäckerei entdeckt zu haben, in der persisches Brot gebacken wird, und führte Farideh stolz dorthin.

Drinnen, hinter dem Schaufenster, stand einer in weißer Bäckerkleidung, schnitt von einem großen Teigklumpen einen kleineren ab, knetete ihn mit den Händen, walkte und zog und wirbelte den Teig schließlich auf den Fingerspitzen durch die Luft, bis er dünner und dünner und runder und runder wurde. Dabei lachte er Farideh und Freydoun durchs Fenster zu.

Inzwischen wissen sie beide längst, wie eine italienische Pizza schmeckt.

8

Wo Freydoun heute nacht wohl schläft? Ob er auch noch wachliegt?

Es ist dunkel im Zimmer. Durch den Fenstervorhang dringt ein wenig Licht von der Straßenbeleuchtung herein. Vor einer halben Stunde hat Susanne gute Nacht gesagt und die Deckenlampe ausgeknipst. Marion schnarcht leise.

Yvonne murmelt müde: »Uuuah und Urk Urk, gähnte das Monster, rollte sich zur Seite und pennte selig vor sich hin.«

Das ist das Ende einer Monstergeschichte. Sie erfindet jeden Abend eine andere. Farideh hört Yvonnes Bett knarzen. Wahrscheinlich dreht sie sich genauso zur Seite wie ihr Monster. Von Mariam, die im Bett unter Farideh liegt, ist gar nichts zu hören.

Wenn er noch wachliegt, überlegt Farideh, verschränkt die Arme unterm Kopf und starrt ins Dunkel, wo liegt er dann wach? Ob er sich an das erinnert, was Marion erzählt, wenn sie nach drei Ausreißertagen ins Heim zurückgebracht wird?

Marion behauptet, es gäbe zwei todsichere Möglichkeiten, nachts einen Schlafplatz zu finden und nicht aufgegriffen zu werden. Marion sagt: ›Nicht geschnappt zu werden‹. ›Todsicher‹ ist auch eines ihrer Lieblingswörter. Als ob jemand tot sein mußte, damit er sicher ist.

Marion übernachtet meistens auf dem Bahnhof. Sie hat es Farideh vor vierzehn Tagen gezeigt. Der Kölner Hauptbahnhof ist voller junger Leute. Die sitzen dort zwischen Rucksäcken auf dem Fußboden, unterhalten sich, essen und trinken oder schlafen und warten auf ihren Zug. Marion nennt sie die ›Rucksackleute‹. »Die fahren in den Ferien wie bekloppt durch ganz Europa.«

Freydoun könnte Glück haben. Er sieht beinahe so erwachsen aus wie die Jungen, die im Bahnhof auf den Zug nach Kopenhagen oder nach Rom warten. Wenn er schlau ist, tut er so, als wolle er in die Ferien fahren.

»Schläfst du schon?«

Farideh schreckt aus ihren Gedanken auf. Das ist Mariam. Sie flüstert vom unteren Bett zu Farideh hinauf, und Farideh hat jedesmal ein warmes Wehmutsgefühl, wenn Mariam mit ihr Farsi spricht. Aber diesmal will sie eigentlich mit ihren Gedanken allein sein.

»Hm –«

»Ich muß dir was erzählen. Kommst du runter, oder soll ich zu dir rauf?«

In den ersten Wochen nach ihrer Ankunft hat Farideh die meiste Zeit mit Freydoun oder mit Mariam verbracht. Mariam half ihr bei den Hausaufgaben, erklärte ihr, warum es im Heim so oft Kartoffelbrei und Nudeln und so wenig Reis zu essen und nur Pfefferminztee zu trinken gibt. Sie kannte sich aus. Und sie sprach die fremde Sprache. Ohne Mariam wäre es schwieriger gewesen, sich zurechtzufinden. Später wurde es etwas langweilig.

»Was ist?«

»Ich komme runter.« Farideh hangelt sich von der oberen Bettetage in die untere. Mariam rutscht zur Seite und macht Platz. Sie ist zwei Jahre älter als Farideh, klein, pummelig und bekommt schon Brüste. Manchmal benimmt sie sich, als wäre sie Cyrus' Mama und nicht nur die große Schwester.

»Hat Mohammad dir schon erzählt?«

»Was?«

»Hab ich mir doch gedacht!« Da ist Triumph in Mariams Stimme.

Wie hätte mir Mohammad etwas erzählen sollen? denkt Farideh. Susanne hatte ihn schon ins Bett geschickt, als ich aus Hamids Büro zurückkam. Deshalb konnte ich auch nicht nachsehen, was Freydoun von unseren Schätzen mitgenommen hat.

»Was war denn?«

Mariam richtet den Oberköper im Bett auf, stützt den Kopf in die Hand und scheint sich wichtig zu fühlen.

»Also, die Sache ist so. Nachdem du zu Hamid gegangen warst, hat Susanne Mohammad ausgefragt. Aber« – hier macht Mariam eine Pause, um die Bedeutung ihrer Information zu unterstreichen – »aber Mohammad hat nichts gesagt! Er hat sich wie ein *echter Freund* benommen!«

Was hat sie erwartet? Mohammad ist kein Verräter.

»Danach hat Susanne mich befragt. Ich weiß ja gar nichts, aber selbst wenn ich etwas wüßte, hätte ich geschwiegen wie die Wüste Lut. Trotzdem« – nun zögert Mariam einen Augenblick – »trotzdem interessiert es mich natürlich. Ist Freydoun nach Teheran abgehauen?«

Hamid hat genauso gefragt. Freydoun macht Dummheiten, und manchmal spinnt er auch, aber doch nicht so, daß er nach Teheran fliegt! Das würde er den Eltern nicht antun; auch nicht Farideh. Er würde sie niemals allein zurücklassen. So etwas gibt es nicht. Das ist völlig ausgeschlossen! Schließlich haben die Eltern genausowenig daran gedacht, ihn, Freydoun, allein aus Teheran wegzuschicken. Deshalb ist sie doch mitgeflogen: damit er einen Teil der Familie bei sich hat! Das Schlimmste, was sie sich vorstellen kann, wäre, eines Tages ganz und gar ohne Familie auf der Welt zu sein. Freydoun denkt oft anders als sie. Doch in diesem

Punkt – das weiß sie, da ist sie sich ganz sicher – in diesem Punkt sind sie sich absolut einig.

Wie ist Hamid nur auf so einen Gedanken gekommen?

Und jetzt auch Mariam! Mariam würde sich doch eher in Stücke reißen lassen, als Cyrus aufzugeben!

»Woher soll Freydoun das Geld für ein Flugticket haben?« hat sie Hamid verwundert gefragt, als er zweifelte, ob Freydoun nicht doch die größte Dummheit seines Lebens machte.

Hamid hat sie daran erinnert, daß Freydoun vor vier Wochen dabei erwischt worden war, wie er an einem Geldspielautomaten gespielt hat.

»Kann man daran so viel Geld gewinnen?«

Hamid hat sie mit seinen großen braunen Augen traurig angesehen. Sie hat Freydoun nicht verraten; hat statt dessen angeboten, Hamids Blumen auf dem Fensterbrett zu gießen. Das tut sie häufig. Diesmal hat er abgelehnt.

»Hat Hamid schon die Polizei verständigt?« Das ist wieder Mariam.

»Davon hat er nichts gesagt.«

Farideh erschrickt. Der Schreck brennt in der Herzgegend, als hätte sie Feuer geschluckt. An Polizei hat sie überhaupt noch nicht gedacht!

Marion wird jedesmal bei der Polizei als vermißt gemeldet.

Aber Hamid ist doch ihr Freund! Er hätte es ihr gesagt. Oder? Das tut er Freydoun nicht an, daß er ihn von der Polizei zurückbringen läßt. Hamid ist der einzige, der wissen müßte, warum Freydoun weggegangen ist. Ja, eigentlich müßte er sogar wissen, wo Freydoun zu suchen ist.

Ganz bestimmt gibt er ihm eine Chance! Farideh wünscht es sich. Hamid hat immer gesagt, er versteht, warum Freydoun in den vergangenen Monaten so verschlossen blieb. Wenn er ihn so lange verstanden hat, muß er ihn auch jetzt verstehen.

»Du bist ja richtig aufgeregt!« Mariam vergißt zu flüstern. Sie freut sich, weil sie glaubt, das Rätsel gelöst zu haben. »Mir kannst du nichts vormachen! Freydoun ist also nach Teheran unterwegs!«

Natürlich wacht Yvonne auf. »Spinnt ihr, oder was?«

Marion hört auf zu schnarchen und dreht sich von einer Seite auf die andere. Farideh läge viel lieber neben ihr im Bett. Marion würde sie nicht mit Fragen überhäufen.

Sie klettert nach oben zurück. »Keine Panik, Yvonne, ich schlaf jetzt!« Es macht ihr gar keine Mühe mehr, vom Farsi ins Deutsche zu wechseln. Yvonne gibt sich zufrieden.

Aber Farideh kann lange nicht einschlafen. Mit offenen Augen, die Arme wieder im Nacken verschränkt, liegt sie auf dem Rücken. An der Zimmerdecke sieht sie hellere und dunklere Schatten. Wenn sie genau hinschaut, erkennt sie die dunklen Vorhangfalten.

Ob das stimmt, was Susanne neulich gesagt hat? Manchmal gäbe es zwischen zwei Menschen Gedankenübertragung. Telepathie hat sie das genannt.

Wenn es so etwas gibt, überlegt Farideh, könnte ich mich jetzt mit Freydoun unterhalten. Er könnte mir sagen, wo er heute nacht schläft, und ich würde ihm sagen, daß er keine Angst haben muß.

Er kann sich auf mich verlassen.

Aber vielleicht – vielleicht sollte sie ihm auch davon erzählen, daß es gar nicht so einfach ist, auf einmal die Verantwortung zu tragen?

Was, wenn Freydoun tatsächlich etwas passiert? Ist sie dann schuld?

Sie könnte den Mund aufmachen. Sagen, was ist. Die Verantwortung einfach an die Erwachsenen abgeben. Alles wäre viel leichter. Sie könnte wieder die kleine Schwester sein, die sich den Kopf nicht zerbrechen muß, weil sie dafür den großen Bruder hat. Farideh seufzt. Diesmal ganz leise. So leise, daß es in den drei Betten niemand hört.

Zweiter Tag

1

Niemand zwingt sie dazu, erwachsener zu sein, als sie ist. Selbstverständlich wäre es leichter, sie gäbe die Verantwortung ab, machte den Mund auf, sagte, was mit Freydoun ist.

Sie wäre eine Last los.

Als sie heute morgen aufwachte, hatte sie das Gefühl, ein Stein läge ihr auf der Seele. Wo liegt die Seele? Das weiß niemand. Da es niemand weiß, kann eigentlich auch niemand einen Stein darauf legen. Trotzdem hat sie die Last. Sie weiß nicht, was es ist. Hat sie Angst? Oder Zweifel?

Angst um Freydoun?

Zweifel daran, daß sie richtig handelt?

Freydoun verläßt sich auf sie.

»Zwei Tage«, hat er gesagt, »ich brauche nur zwei Tage. Donnerstag nacht bin ich bestimmt zurück. Sieh zu, daß das Fenster in unserem Zimmer entriegelt ist. Alles andere mache ich selbst!«

Er will über den knorrigen Kastanienbaum einsteigen, der unter dem Zimmer der Jungen im Garten wächst und die Krone breit und wuchtig bis zum ersten Stock hinaufstreckt.

Beim Frühstück hat Farideh nichts essen können, nur den ekelhaften Milchkaffee hat sie mit vier Teelöffeln Zucker

45

gesüßt und getrunken. Sie wünscht sich, es würde rasch Nacht werden.

Den Vormittag in der Schule hat sie verbracht, als säße sie eigentlich nicht dort. Nein. Es ist komplizierter. Es war so, als säße ihr Körper dort, aber nicht sie selbst – nicht ihre Gedanken und nicht ihre Gefühle.

Nach der Schule ist sie unten im Flur des Heims Hamid begegnet. Er hat sie fragend angesehen, und sie hat stumm den Kopf geschüttelt. Stumm, wie Freydoun manchmal ist.

Während die anderen schon beim Mittagessen saßen, hat sie unter Freydouns Matratze nachgesehen. Ein rascher Handgriff. Ein Blick. Das Versteck war leer. Einen Augenblick lang fühlte sie Schmerz. Wenigstens das Foto der Eltern hätte er ihr dalassen können!

Dann ist sie in den Speisesaal gerannt. Obwohl mittags mehrere Stühle unbesetzt sind – Mohammad zum Beispiel muß auch nachmittags zur Schule –, hat sie Freydouns Stuhl nicht ansehen können. Da war wieder die Angst.

Sie hat einen besorgten Blick von Susanne aufgefangen. Und sie ist froh gewesen, daß Susanne nichts fragte. Gegessen hat sie wie ein Vögelchen. Bibijun nennt das so.

Und nun sitzt sie im Gemeinschaftsraum über den Hausaufgaben. Sie soll rechnen und kann es nicht. Dabei ist sie nicht schlecht im Rechnen. Ihr Kopf scheint wie ausgeleert. Nein. Umgekehrt. Er ist nicht ausgeleert. Er ist überfüllt. Sie kann nur an Freydoun denken.

Einen Tisch weiter bastelt Thorsten Papierflugzeuge, während Cyrus irgend etwas in sein Heft schreibt.

Draußen scheint die Sonne. Seit vier Tagen ist es in Köln so heiß wie im Mai in Teheran. Hier sei es nur im Juli so heiß, hat Mariam erzählt und ist stolz auf ihr Wissen.

Im Garten, der zum Heim gehört, toben die Kleinen. Farideh hört sie schreien, lachen und vor Begeisterung quietschen. Wahrscheinlich hat einer von den Erziehern den Gartenschlauch aufgedreht und spritzt sie naß.

Auch Onkel Manssur hatte das manchmal gemacht. Er benutzte den Gartenschlauch, der in Bibijuns Hof liegt und dazu dient, das Schwimmbecken aufzufüllen. In der linken Hofecke steht der Feigenbaum, der auf dem Foto der Eltern zu sehen ist. Seine breitfingrigen Blätter geben etwas Schatten. An stillen Nachmittagen kann es passieren, daß Bibijun dort in ihrem Korbstuhl einschläft.

Ach ja! Wenn Bibijun hier wäre, wüßte sie ganz bestimmt, was Farideh tun soll. Was richtig ist und was falsch. Ob sie ihre Last abwerfen darf oder tragen muß.

Farideh schließt die Augen und sieht die schlafende Bibijun: das hagere Gesicht mit der langen, geraden Nase, den Fältchen wie Strahlenkränze, die die Haut aussehen lassen wie Pergamentpapier; sie hat buschige, weiße Augenbrauen. Weil der Schleier verrutscht ist, sind auch in den Ohrläppchen schwere Goldgehänge mit blau leuchtenden Lapislazulisteinen sichtbar.

Wenn Bibijun schläft, darf niemand sie stören. »Einen Menschen aus tiefem Schlaf aufzustören bedeutet, seine Seele vom Ausflug ins Paradies so schnell zurückzuholen, daß sie einen tödlichen Schrecken erleiden kann«, erklärte sie Farideh einmal.

»He, Fa! Pennst du?« Marion reißt sie aus ihrer Träumerei. »Was ist? Bist du endlich fertig? Ich geh mir jetzt ein Eis holen, kommst du mit?« Mariam blickt von ihrem Heft hoch und schüttelt mißbilligend den Kopf. Sie wirkt in diesem Moment viel älter und gesetzter als Marion, obwohl sie nur ein Jahr auseinander sind.

Yvonne kreischt los: »Eis? Ich will auch ein Eis!«

Sie benimmt sich manchmal so, wie sie aussieht: wie ein Kleinkind.

Farideh klappt ihr Heft zu. Auf jener Seite, auf der sie die Rechenaufgaben lösen wollte, steht nichts als das Datum: Donnerstag, 14. Juni 1988.

Eine halbe Stunde später sitzen Farideh und Marion auf einem Mäuerchen im Garten und lecken an zwei Eistüten. Farideh hat sich Pistazieneis gekauft. Marion fragt nach Freydoun. Sie bohrt nicht, versucht keine Tricks. »Ich will nur wissen, ob du vorher gewußt hast, daß er abhauen würde oder ob du genauso überrascht warst wie wir alle.«

Farideh nickt vorsichtig. Sie muß sich in acht nehmen. Am liebsten würde sie Marion sofort und ohne Zögern alles erzählen. Sie könnten zu zweit an dem Geheimnis tragen. Sie könnte ihr sagen, daß Freydoun glaubt, einen heißen Tip zu haben. Daß es auf einmal eine Spur gibt.

»Dann weißt du auch, wo er ist, schätze ich«, sagt Marion und redet weiter, ehe Farideh Zeit hat, sich für eine Antwort zu entscheiden, »ich will's nicht wissen. Ich geh mal davon aus, daß du ihm versprochen hast, nichts zu verraten. Ich will nur wissen, ob du ihm verklickert hast, wie er durchkommt, ohne gleich von den Bullen geschnappt zu werden?«

Als Farideh bejaht, streckt Marion befriedigt die Beine auf dem Mäuerchen aus und räkelt sich wie eine Katze. »Dann schafft er es auch, was immer er vorhat.«

Das klingt ja so, überlegt Farideh, als hätte Marion auf einmal Interesse an Freydoun. Bisher war eher das Gegenteil der Fall.

»So ein besonderes Exemplar von Bruder hat nicht jede!«

Also, was die Sache zwischen Jungen und Mädchen betrifft, da ist ihr Marion haushoch überlegen. ›Haushoch‹ ist auch so ein Wort, das Marion liebt. Farideh hat keine Lust, sich auf diesem Gebiet wieder einmal zu blamieren.

»Was meinst du mit ›besonders‹?« erkundigt sie sich vorsichtig. Marion grinst unverschämt und wird kein bißchen rot.

»Was soll schon sein? Ich meine, er ist besonders, weil sich außer mir noch keiner getraut hat, aus dem Heim abzuhauen. Das verlangt Anerkennung, oder?«

»Aber *er* hat doch einen Grund!« entfährt es Farideh.

»He!« Marion ist auf einmal ganz ernst, »mach bloß keinen Fehler!«

»Na ja.«

»Du mußt dir eins fürs Leben merken: Es gibt Zeiten und Unzeiten.«

»Zeiten und was?«

»Ganz einfach, du kannst nur zwei Dinge im Leben wirklich falsch machen: dich übers Ohr hauen lassen oder zur Unzeit den Mund aufmachen.«

Jetzt lächelt Farideh und hat gar nicht mehr das Gefühl, einen Stein auf der Seele zu wälzen. Marion ist die beste Freundin der Welt!

Bibijun hatte ihr zwar beim Abschied vorausgesagt, sie würde in der Bundesrepublik auch eine Freundin finden, aber wenn sie ehrlich ist, hat sie nicht daran geglaubt. Doch dann fing die Sache mit Marion an.

2

»Nie im Leben! Jedes Baby weiß, daß Silvester gleich nach Weihnachten kommt. Neujahr ist doch nicht im Frühling!

Das kannst du deiner Großmutter erzählen, aber nicht mir!«

Marion war ganz bestimmt nicht Faridehs Großmutter.

»Meine Großmutter weiß das längst. Deshalb erzähl ich's dir und nicht ihr!« Farideh ließ sich nicht irremachen. Mariam nickte bestätigend und half Farideh mit Vokabeln aus.

Das war Anfang März gewesen. Mariam hatte Farideh nach den Hausaufgaben gefragt, ob sie ihr einen Park zeigen solle, der so groß sei wie die Parks, die es in Teheran gibt. Marion hatte sich ungebeten angehängt. Mariam hatte stolz erklärt, daß dieser Park, der nur eine Straßenecke hinter dem Haus beginnt, Stadtwald heißt. Aber es sei kein Wald. Nur ein riesiger Park. Marion hatte grinsend gesagt: »So groß, daß du tagelang wie eine Bekloppte durchs Gebüsch rennen kannst, wenn du Lust hast.« Sie hatte vorgeschlagen, zum nächsten Spielplatz zu gehen. Dort steht ihre Lieblingsschaukel, eine für die Größeren.

»Wir machen es mit Eiern«, erklärte Farideh.

Marion stieß sich mit der Schaukel ab, streckte die Beine steif nach vorn und schwang kräftig durch. »Was macht ihr mit Eiern? Doch nicht etwa Feuerwerk? Wollt ihr mir erzählen, daß die Perser an Neujahr mit rohen Eiern um sich schmeißen oder Küken in den Himmel schießen?«

»Die Eier liegen auf einem Spiegel. In dem Augenblick, in dem sie sich bewegen, beginnt das neue Jahr. Es heißt Norus.«

»Norus ist unser Neujahrsfest«, erklärte Mariam, »aber in unserer Familie machen wir es nicht mit Eiern. Wir fahren zum Picknick aufs Land.«

Marion bremste mit beiden Füßen ab, wirbelte eine Sandwolke auf, kniff die Augen zusammen und starrte die beiden interessiert an. »Die Eier bewegen sich von allein, ohne daß jemand an der Unterlage rumfummelt?«

Farideh nickte. Auf einmal war Marion gar nicht mehr spöttisch, setzte sich rittlings aufs Schaukelbrett und fragte: »Ist das Schwarze Magie? Teufelsmesse? So was wie Voodoo?«

»Es ist ein –«, Farideh suchte nach der deutschen Vokabel.

Mariam fragte auf Farsi, machte ein zweifelndes Gesicht. Farideh erklärte mit Händen und Füßen. Schließlich übersetzte Mariam: »Ich kenn die Geschichte nicht, aber Farideh meint, es sei eine männliche Kuh.«

»Aha, ein Bulle also!«

»Gut, ein Bulle. Farideh behauptet, er trüge die Erde auf einem seiner Hörner. Und einmal im Jahr wechselt er sie von einem Horn zum anderen; dann wackelt die Erde, und dann wackeln auch die Eier. An den Eiern sieht ihre Familie, daß die Erde aufs andere Horn gerutscht ist.«

Marion überlegte und begann zu zweifeln. »Voodoo hat wohl eher was mit Hühnerschlachten und bösem Zauber zu tun. Bei euch sind es ja nur Eier und ein Bulle, den es gar nicht gibt! Jedes Baby weiß, daß die Erde rund ist und im Weltall schwebt. Also wenn ihr mich fragt, ich würde sagen, das ist nichts als fauler Zauber.«

»Es ist eine Geschichte, die mir Bibijun erzählt hat«, sagte Farideh, »mir gefällt sie, und außerdem ist es egal, ob die Erde auf einem Horn getragen wird oder im Weltall herumschwebt. Bei uns ist Neujahr jedenfalls am Frühlingsanfang.«

»Und bei uns ist der Frühlingsanfang nur der Frühlingsanfang, und das finde ich viel realistischer!« Marion stellte sich mit beiden Beinen aufs Schaukelbrett, holte ordentlich

Schwung und schien sich für das persische Neujahrsfest nicht mehr zu interessieren.

Abends im Bett dachte Farideh darüber nach, daß sie zum ersten Mal in ihrem Leben das Neujahrsfest nicht mit Eltern, mit Bibijun, Onkel Manssur, nicht mit Baba Akbar und Tante Malakeh verbringen würde. Sie spürte wieder einen Tränenkloß im Hals, so dick und hart, daß sie meinte, daran zu ersticken. Als sie schon zu einem vertraulichen Gespräch mit Monko unter die Bettdecke kriechen wollte, da hatte sie einen Einfall.

Den mußte sie unbedingt Mariam erzählen! Sie beugte sich über den Bettrand nach unten. »Psst! Mariam! Schläfst du schon?«

Mariam schlief tatsächlich. Enttäuscht zog sich Farideh zurück. Sie hätte so gern mit jemandem gesprochen, der, anders als Monko, auch antworten kann.

»Mariam pennt schon. Falls es was Dringendes ist, kannst du's ja mal mit mir versuchen!« Marion machte dieses Angebot vom oberen Stockwerk des Etagenbetts gegenüber.

Es wäre einfacher gewesen, mit Mariam in der vertrauten Sprache zu sprechen. Bei Marion mußte sie mühsam die deutschen Wörter zusammensuchen; ihre Dolmetscherin schlief ja bereits.

»Bloß keine falsche Scham«, sagte Marion, »ich meine, mir macht es nichts aus, wenn du Fehler machst. Schließlich bin ich nicht die Tizian!«

Farideh gab sich einen Ruck. Langsam, aber fehlerfrei, sagte sie: »Ich habe eine Idee.«

»Und die wäre?«

Marions Flüsterstimme im Dunkeln klang nicht so, als wolle sie Farideh auslachen oder sich über sie lustig machen.

»Ich will Norus feiern, so wie bei uns zu Hause!«

»Klar doch. Kann ich verstehen.«

»Nicht allein. Mit anderen.«

»Welchen anderen?«

»Alle!«

Eigentlich hätte sie sagen wollen: Ich möchte, daß alle Kinder im Heim mit mir unser Neujahrsfest feiern, aber dieser Satz war viel zu lang und zu kompliziert.

»Alle?«

»Alle.«

»Hm –« Marion schien zu überlegen. Es entstand eine Pause.

Wahrscheinlich findet sie meinen Einfall nicht gut, dachte Farideh. Aber dann stimmte Marion zu.

»Warum nicht? Für eure Eier könnten wir einen Spiegel aus einem der Badezimmer abmontieren. Das kann doch ganz lustig werden. Klar, mach das! Auf mich kannst du zählen!«

»Ich kann kochen«, ergänzte Farideh stolz.

»Persisch?«

Farideh nickte und vergaß, daß es nicht so sinnvoll ist, im Dunkeln zu nicken. Sie spann ihren Gedankenfaden weiter. Geschenke gehörten dazu. Ich werde jedem Kind etwas schenken. Wie Bibijun das immer tut.

»Du bist doch nicht plötzlich weggepennt?« wollte Marion wissen.«

»Nein, nein!« antwortete Farideh erschrocken. »Ich denke. Ich denke nach. Alle bekommen Geschenke. Meine Großmutter macht jedes Jahr Geschenke.«

»Du willst deine eigene Großmutter sein?«

Farideh lachte amüsiert. Sie ist doch nicht Bibijun! Aber in Köln gibt es keine Bibijun, also wird es das beste sein, sie spielt Bibijuns Rolle. Vergangenes Neujahr hatte Bibijun beim Schneider neue Anzüge und Kleider anfertigen lassen, die sie zu Norus anzogen; außerdem gab es Geldgeschenke. Wie sollte sie das Marion erzählen? Das war entsetzlich kompliziert! Und: Wovon sollte sie solche Geschenke bezahlen? Sie ist eben noch keine Bibijun. Marion gähnte hörbar. »Also wenn du mich fragst, dann sprichst du schon prima Deutsch! Und was noch nicht ist, wird demnächst.«

»Danke!« Farideh war stolz. Marion gähnte noch einmal, diesmal ausgiebigst. »Und falls du für die Geschenke noch Wünsche entgegennimmst, dann hätte ich gern einen lila Lippenstift. Lila ist echt geil!«

So begann es. Ja, wenn sie heute zurückdenkt, hatte es mit diesem Gespräch angefangen. Einen lila Lippenstift konnte sie nicht auftreiben. Sie schenkte Marion einen schwarzen, und Marion war begeistert. Schwarz fand sie noch besser als lila.

Am nächsten Morgen war es übrigens Marion, die Susanne in Faridehs Plan einweihte. Susanne mit dem Sonnenuntergangshaar und den tausend Sommersprossen auf der weißen Haut bat sich Bedenkzeit aus.

Faridehs Plan sah vor, für 128 Kinder ein Neujahrsfest auszurichten. Susanne und Hamid überzeugten sie davon, daß es einfacher wäre, nur für die eigene Gruppe zu kochen.

»Du mußt dir vorstellen«, sagte Hamid, »eure Gruppe ist wie eine große Familie. Norus wird immer in der Familie gefeiert.« Er hatte recht. Zur Gruppe gehörten nicht nur die Kinder, sondern auch die Erzieherinnen, Ulla, Robert, der manchmal Nachtwache im Heim hält, und natürlich Hamid. Alles in allem dreizehn Personen.

Als Farideh sagte, sie hätte eigentlich, was die Geschenke

anbelangt, vor, Bibijuns Platz einzunehmen, aber sie hätte nicht soviel Geld, da lachte Hamid. Sie hörte ihn zum ersten Mal lachen. Er lachte leise. »Die Bibijun!« sagte er liebevoll. »Du mußt erst siebzig Jahre leben, ehe du eine richtige Bibijun bist! Kannst du dir vorstellen, wie lange siebzig Jahre sind?«

Sie konnte es nicht. Vielleicht war sie zu jung, um sich siebzig Jahre vorstellen zu können? Hamid legte den Arm um ihre Schultern und versprach, für kleine Geschenke zu sorgen. »Nur das Kochen«, sagte er, »das Kochen nehme ich dir nicht ab! Zeig uns, was du kannst!«

Was für ein Glück, daß sie Mama immer beim Kochen geholfen hatte! Sogar die Kakerlaken in der Küche hatten sie nie davon abhalten können.

Farideh wählte ein Gericht, das sie zusammen mit Mama schon mindestens zehnmal gekocht hatte.

Morgens war sie mit Susanne, Frau Burger, der Köchin des Heims, und mit Marion, die unbedingt dabeisein wollte, zum Markt gegangen. Gemeinsam schleppten sie Einkaufstaschen voll Gemüse ins Kinderheim.

Dann saßen sie vor den Gemüsebergen. Die Möhren mußten geputzt und geschrappt, die Tomaten abgebrüht, geschält und geviertelt, die Kartoffeln geschält und geachtelt und die Zwiebeln enthäutet und gehackt werden.

»Was soll das noch mal sein, wenn's fertig ist?«

Farideh hatte es schon fünfmal gesagt, aber Marion konnte sich das persische Wort nicht merken: »Tasskabab.«

»Komisches Papperlapapp.«

»Meine Küche ist kein Debattierklub. Wenn ich hier soviel reden würde wie ihr beiden, dann hätte das Heim niemals pünktlich seine Mahlzeiten.« Frau Burger zwinkerte Farideh zu. Farideh hat die große dicke Frau von Anfang an gemocht. Frau Burger war die erste gewesen, an der Farideh in der Anfangszeit die deutschen Vokabeln ausprobieren konnte, die sie in der Schule lernte. Von ihr wurde sie nicht ausgelacht. Die Küche und Frau Burger hatte sie Ende Januar entdeckt. Die Tür hatte offengestanden. Als Farideh neugierig den Kopf hineinstreckte, lachte Frau Burger laut und dröhnend, aber freundlich. Als Farideh zudem bewies, daß sie Kartoffeln schälen kann, hatte sie die Köchin im Sturm erobert.

Heute war Frau Burger nur Hilfskraft. Gemeinsam mit Susanne schnitt sie Rindfleisch in dünne Streifen.

Nachdem alles enthäutet, geschält, zerkleinert und geschnitten war, machten sich Farideh und Frau Burger ans Kochen. Marion und Susanne durften zusehen. In einem großen Topf wurde Öl heiß gemacht. Zuerst kam eine Schicht Zwiebeln hinein, wurde angedünstet, danach schichtete Frau Burger auf Anweisung von Farideh Tomaten, Karotten, Rindfleisch, Zwiebeln und Kartoffeln aufeinander, würzte kräftig mit Curry, gab Salz dazu, drehte die Herdplatte auf kleinste Stufe und legte den Deckel auf. »Wie lange?« fragte sie. Farideh überlegte. Darauf hatte sie nie geachtet, wenn Mama kochte.

Als geübte Köchin war das für Frau Burger kein Problem.

Abends stand das Tasskabab auf dem Tisch, den Susanne und Farideh festlich gedeckt hatten, mit weißem Tischtuch und Kerzen.

Kein einziger Stuhl hatte leergestanden. Sie hatten sogar für Hamid und Robert noch zwei Stühle dazugestellt. Mariam und Farideh erklärten, wie im Iran das Neujahrsfest gefeiert wird. Mariams Familie feiert es anders als Faridehs.

Als Farideh die Geschichte von den Eiern und dem Bullen erzählte, der die Erde auf einem Horn trägt, verkündete

Marion: »Ich habe auch noch eine Überraschung!« Sie rannte hinaus, und alles wartete gespannt. Dann hörten sie den Knall, Klirren und Marions Schrei. Sie hatte den Spiegel in der Dusche über dem Waschbecken abmontieren wollen. Es war gründlich mißlungen.

Als die anderen ins Bad gerannt kamen, stand Marion mit hochrotem Kopf vor den Spiegelscherben und beschimpfte sich wüst. Thorsten und Yvonne, die die Schimpfwörter verstanden, hörten nicht mehr auf zu kichern.

Das Neujahrsfest wurde trotzdem sehr schön. Hamid hatte für jedes Kind und auch für Ulla, Susanne und Robert kleine Geschenke mitgebracht.

Und die drei rohen Eier, die Marion Frau Burger aus dem Kühlschrank stibitzt hatte, legte sogar die strenge Ulla eigenhändig auf einen unbenutzten Teller. »Wenn sie wakkeln, dann auf einem Teller genauso wie auf einem Spiegel!«

Wenn Farideh heute danach gefragt würde, könnte sie es nicht beschwören, aber damals war sie ganz sicher: Sie sah, wie die Eier sich bewegten. Kurz vor dem Zubettgehen hatte der Bulle ganz offensichtlich die Erde von einem Horn aufs andere genommen. Ein Beweis dafür, dachte Farideh, daß Teheran und Köln immerhin auf dem gleichen Horn sitzen.

3

Die Zugvögel kamen nach dem persischen Neujahrsfest. Farideh stand am Blumenfenster in Hamids Büro und überlegte, ob und wieviel Wasser ein Hochlandkaktus braucht, der im feuchten Deutschland auf einer Zentralheizung steht, als sie das Geschnatter hörte.

Hamid, der am Schreibtisch über irgendwelchen Papieren saß, hörte es ebenfalls, hob den Kopf, lauschte, strahlte über das ganze Gesicht. »Frühling!« sagte er fröhlich, »Farideh, es wird Frühling in Deutschland. Die Gänse kommen aus dem Süden zurück.« Er nahm Farideh an der Hand und lief mit ihr in den Garten. Dort sahen sie es. Hoch oben am Himmel zogen Vogelschwärme von Süden nach Norden. Sie wirkten wie ein lebendiger fliegender Keil, in dessen Mitte ein gefiederter Pfeil mitflog.

»Woher kommen die Gänse?« fragte Farideh.

»Ich glaube, aus Afrika.«

»Sie könnten aber auch aus dem Iran kommen!«

Einige Tage später kamen zwar keine Zugvögel, aber neue Kinder aus dem Iran. Hamid mußte beinahe jeden zweiten Tag zum Flughafen.

Es wurde eng im Kinderheim.

Die Neuankömmlinge erzählten von Teheran. Die Bomben- und Raketenangriffe der Iraker nahmen zu. Es gab Gerüchte, daß ganze Schulklassen an die Front geschickt wurden.

Farideh, Freydoun, Mariam und Cyrus hörten Nachmittage lang zu. Farideh sah wieder die Angst in Freydouns Augen. Sie sah in seinen Augen mehr Angst als in denen der Neuen. Doch Freydoun sprach nicht darüber. Er warf wieder die Tür zu seiner Seele zu und wurde schweigsamer denn je.

Er kapselte sich ab. In den Schulpausen stand er wie in den ersten Wochen allein am äußersten Rand des Pausenhofes, lehnte sich an die Hauswand, packte sein Pausenbrot aus und demonstrierte seine Einsamkeit. Er wollte allein bleiben. Wenn er nicht gerade an einem Brotbissen kaute, machte er ein Gesicht, als müßte er unentwegt die Zähne zusammenbeißen. Rempelte ihn einer im Vorbeirennen an, tat Freydoun, als hätte er nichts bemerkt.

Einmal kickte Mohammad eine leere Coladose über den Asphalt, kickte sie quer über den Hof, wehrte die Jungen ab, die ihn von der scheppernden Dose abdrängen wollten, hielt lachend auf Freydoun zu, rief etwas auf Deutsch und schoß ihm die Dose vor die Füße. Freydoun wandte sich verächtlich ab. Farideh sah, wie Mohammad rot wurde vor Zorn.

Nachmittags saß Freydoun allein in Hamids Büro.

»Was wolltest du von ihm?« fragte Farideh später.

»Ich will, daß einer von uns beiden aus dem Zimmer auszieht, entweder Mohammad oder ich. Ich teile das Zimmer doch nicht mit einem Iraker!«

»Und was sagt Hamid?«

Freydoun machte ein mürrisches Gesicht. »Er sagt, im Augenblick gibt es kein freies Bett. Er kann die anderen Gruppen nicht auseinanderreißen. Er wird aber sehen, was sich machen läßt.«

Auch Farideh muß zugeben, daß es ihr schwerfiel, Mohammad freundlich zu begegnen, vor allem als sie von den Bombenangriffen hörte. Aber sie haßte ihn nicht. Sie hatte keine Angst vor ihm. Sie war auch nicht wütend auf ihn. Nie im Leben wäre sie auf die Idee gekommen, sein Mathematikbuch aus dem Fenster zu werfen. Das tat Freydoun. Oder die Dusche stundenlang besetzt zu halten, wenn eigentlich Mohammad an der Reihe war.

Als Mohammad eines Morgens Freydoun deshalb splitternackt aus der Dusche auf den Flur zerrte und ihn dort der quietschenden Yvonne vor die Füße warf, weigerte sich Freydoun zwei Tage lang, etwas zu essen. Er wollte nicht mehr mit Mohammad am selben Tisch sitzen.

Die Nachmittage verbrachte Freydoun im Zimmer. Er lag auf seinem Bett, sprach kaum, starrte von unten die Matratze des oberen Etagenbettes an. Farideh setzte sich auf den Bettrand.

»Bist du krank?« fragte sie. »Soll Hamid einen Arzt holen?«

Freydoun preßte die Lippen zusammen.

Sie schlug vor, in den Heizungskeller zu gehen, die Fotos anzusehen und von früher zu reden. Damals fing sie an, die Zeit vor ihrer Flucht »früher« zu nennen.

Freydoun schüttelte den Kopf und redete auf einmal wieder von Onkel Hossein. »Kannst du dir vorstellen«, fragte er, »kannst du dir vorstellen, daß uns die Eltern Onkel Hosseins Adresse einfach so mitgegeben haben?«

»Was meinst du mit ›einfach so‹?«

»Ich meine, sie könnten doch längst gewußt haben, daß es Onkel Hossein in Frankfurt gar nicht gibt und nur so getan haben, als ob, damit wir beruhigt abfliegen.«

»Das glaube ich nicht!«

»Es könnte aber so sein!« Danach sagte Freydoun nichts mehr, drehte sich trotzig zur Wand und ließ Farideh auf dem Bettrand sitzen, als wäre sie gar nicht mehr vorhanden.

Damals begann Farideh, eigene Briefe an die Eltern zu schreiben, von denen Freydoun nichts wußte. Sie hatte es satt, immer nur Grüße und Küsse unter seine Briefe schreiben zu dürfen.

»Ich bin doch kein Baby mehr!« schrieb sie in ihrem ersten Brief nach Teheran. »Freydoun schreibt Euch immer nur das, was *er* Euch mitteilen will, und tut so, als wäre ich zu dumm und zu jung, darüber mitentscheiden zu können.«

Freydoun hatte zum Beispiel nie etwas über Köln erzählt. Das holte Farideh nach.

»Stellt Euch vor: Köln liegt nur 49 Meter über dem Meeresspiegel; das sind 1091 Meter weniger als Teheran! Wenn ich mein ganzes Leben hier verbringen müßte, hätte ich Angst, daß eines Tages das Meer Köln überschwemmt. Es gibt hier auch nur niedrige Hügel und kein Gebirge wie den Elburs. Und ich glaube, sie haben in ganz Deutschland keinen so hohen Berg wie den Demawend.«

Sie schrieb auch darüber, daß Frauen und Mädchen nicht verschleiert oder mit Kopftüchern herumlaufen, daß nicht freitags, sondern sonntags schulfrei ist; daß Köln fünfmal kleiner ist als Teheran, daß es keine Bazare gibt, dafür Einkaufscenter.

Als sie einmal bei ihren Streifzügen mit Marion durch die Stadt in eine Demonstration geraten war, schrieb sie nach Hause: »Bei Demonstrationen tragen die Leute hier keine Papierreifen mit Koranversen auf dem Kopf. Es wird auch nicht geschossen!« Sie erzählte vom Regen: »In Köln regnet es so oft, daß die Sonne nur wenig Platz hat.« Sie schrieb auch: »Wußtet Ihr, daß es persisches Geld nur im Iran gibt? Hier heißt das Geld nicht Rial, und den Dinar nennen sie Pfennig – ein ziemlich schwieriges Wort.«

An einen Brief muß sie sich nicht erinnern. Obwohl er abgeschickt wurde, bewahrt sie ihn in ihrem Sprachlehrbuch auf. Es ist eine Kopie. Die Kopie sieht so aus, als wäre sie gar keine Kopie. Marion hatte dreißig Pfennig investiert und Farideh gezeigt, wie sie ihren Brief auf einem Fotokopierer verdoppeln kann. Marion kennt sich in der Stadt aus wie ein Karawanenführer in der Wüste. Wenn Farideh will, kann sie den Brief jederzeit lesen.

»Liebe Eltern«, liest sie, »Freydoun ist heute zum ersten Mal im Judo-Unterricht. Er hat Judo gewählt, weil Judo ein Selbstverteidigungssport ist. Es war Hamids Idee. Er sagt, Freydoun habe vor irgend etwas Angst. Judo sei gut gegen Angst. Wovor Freydoun Angst hat, weiß Hamid nicht. Ich auch nicht, denn Freydoun will nicht darüber sprechen. Nachts hat er manchmal Alpträume. Das erzählen die anderen Jungen aus seinem Zimmer. Manchmal würde Freydoun im Schlaf schreien, als käme ein Monster auf ihn zu. Da ich jedoch in Deutschland noch keine Monster gesehen habe, kann es nur ein Traum sein. Ihr müßt Euch also keine Sorgen machen.

In der Schule mache ich gute Fortschritte. Inzwischen traue ich mich auch, mit allen Leuten Deutsch zu sprechen. Frau Tizian, unsere Lehrerin, sagt, das sei die beste Möglichkeit, es schnell zu lernen. Leider geniert sich Freydoun immer noch, Fehler zu machen, und hält deshalb lieber den Mund, obwohl er sehr klug ist. Das sagt auch Frau Tizian. Er muß nur genügend Deutsch lernen, um später einmal aufs Gymnasium und dann auf die Universität gehen zu können.

Ich nehme zu jeder Klassenarbeit meinen grünen Stein mit. Er ist mein Talisman! Erinnerst Du dich, Mama, wie ich ihn im Park gefunden habe? Wenn er in der Schule vor mir auf dem Tisch liegt, kann mir nichts passieren. Meistens bekomme ich dann gute Noten.

Vergangenen Sonntag kam wieder eine große Kindergruppe aus dem Iran im Heim an: fünf Jungen und zwei Mädchen. Drei der Jungen sind in Freydouns Alter.

Habt Ihr inzwischen herausgefunden, wo Onkel Hossein ist? Ich glaube, Freydoun grübelt oft darüber nach. Dann wird er sehr schweigsam. Wir haben hier einen kleinen Jungen in der Kindergruppe, der auch sehr schweigsam ist. Er heißt Tobias und ist vier. Unsere Erzieherin Susanne sagt, das sei eine Verhaltensstörung. Dieses Wort habe ich nicht ins Farsi übersetzen können, deshalb schreibe ich es auf Deutsch. Es ist nämlich so, daß die deutschen Kinder, die mit uns im Heim sind, eigentlich nur hier leben, weil sie zu Hause niemand haben will. Susanne sagt zwar, es gäbe Familien wie bei uns, aber ich habe noch niemanden aus einer solchen Familie getroffen. Macht Euch aber keine Sorgen! Wenn Freydoun ein paar Tage nichts redet, dann ist das natürlich nicht dasselbe wie bei Tobias.

Freydoun wünscht sich übrigens immer noch ein Fahrrad. Viele haben hier Fahrräder, und es ist längst nicht so gefährlich wie in Teheran. Es gibt sogar eigene Fahrradwege auf den Bürgersteigen! Vielleicht könnte Freydoun einen Freund finden, wenn er ein Fahrrad hätte. Ich brauche keins, weil ich ja schon eine Freundin habe.

Sie ist wirklich eine gute Freundin. Als ich heute nacht träumte, ich wäre bei Euch in Teheran, zusammen mit Ahmad und Freydoun, hat sie mir geholfen, aus dem Traum herauszufinden.

In meinem Traum war es Nacht, und wir hatten uns alle fünf unter unserem Eßtisch zusammengekauert, weil wir die Explosionen in der Stadt hörten und den Feuerschein sahen. Wir hatten entsetzliche Angst, daß unser Haus getroffen würde. Ich fing an zu weinen, und da stand Marion neben dem Bett, rüttelte mich an der Schulter und sagte: ›He, was ist los mit dir?‹ Ich konnte ihr alles erzählen.

Jetzt muß ich aber Schluß machen! Es grüßt und küßt Euch

Eure Tochter Farideh.«

Kein einziges Mal schrieb sie etwas über das Heimweh oder darüber, daß das Internat alias Kinderheim ein Waisenhaus ist. In diesen Punkten war sie sich mit Freydoun einig.

4

Und dann passierte die Sache mit Mohammad.

Nach dem Zwischenfall in der Dusche hatte Hamid vergeblich versucht, Freydoun und Mohammad miteinander auszusöhnen.

Wenn Farideh heute darüber nachdenkt, muß sie fairerweise zugeben, daß Mohammad weniger stur war als Freydoun.

Es fing in der Pause an.

Sie stand mit Freydoun in seiner Ecke, als Mohammad und Cyrus auf sie zukamen.

»Er hat mich mitgebracht«, sagte Cyrus, der neben Mohammad klein und unscheinbar wirkt und außerdem mit einer Piepsstimme spricht, »weil er ja nur Arabisch und kein Farsi spricht. Also kann er sich nur auf Deutsch verständigen. Weil Freydoun aber noch nicht genügend Deutsch kann, mache ich den Dolmetscher.«

Das hätte er besser nicht gesagt. Freydoun hat Kritik noch nie vertragen und fühlte sich gekränkt. Er blähte erst einmal die Nasenflügel auf.

»Ich wollte Freydoun fragen«, sagte Mohammad und ließ Cyrus ins Farsi übersetzen, »ob er nicht Lust hat, mit mir in die Stadt zu gehen? Wir haben heute zwei Stunden früher aus – Lehrerkonferenz. Cyrus kommt mit, und wir sind rechtzeitig zum Essen zurück im Heim.«

Heute weiß Farideh, daß dieser Vorschlag eine Art Friedensangebot war. Damals bemerkte sie nur, daß Mohammad sehr verlegen war und es ihm nicht leichtfiel, Freydoun zu einem Stadtbummel einzuladen. Später erfuhr sie von Hamid, daß er es war, der Mohammad diesen Rat gegeben hatte.

»Was meinst du, Freydoun, ist das ein Vorschlag?«

»Nein!«

Freydoun sagte nur dieses Nein. Er sagte es scharf und laut, und Mohammad wurde rot vor Zorn, beherrschte sich aber, drehte sich um und ging über den Hof, als wäre nichts gewesen. Cyrus stand betreten herum.

»Wer bin ich denn?« schnaubte Freydoun. »Ich laß mich doch nicht von einem irakischen Kameltreiber durch die Stadt führen! Wer weiß, vielleicht hat *sein* Bruder meinen erschossen? Das könnte gut sein! Das bedeutet Feindschaft bis in den Tod!«

»Er hat gar keinen Bruder!« Das war Cyrus, der nie im richtigen Augenblick den Mund halten kann.

Freydoun bekam einen seiner Wutanfälle: Dabei wird er zuerst rot wie eine Tomate, dann scheint alles Blut aus seinem Kopf zu weichen, er wird leichenblaß, atmet stoßweise, streckt das Kinn nach vorn, die linke Schläfenader schwillt an, und gleichzeitig beginnt er zu brüllen, als seien seine Gesprächspartner taub.

»Gerade du!« schrie er den verdatterten Cyrus an, »gerade du solltest dich schämen! Du verbündest dich als Iraner mit einem Iraker! Du bist ein Verräter!«

Er stürzte sich auf Cyrus und fing an, wütend auf den kleinen Kerl einzuschlagen. Aber Cyrus war schnell, duckte sich, wich aus und rannte weg. Farideh wagte nicht einzugreifen. Freydoun war blind vor Wut. Sie kennt das von zu

Hause. Wenn er einen Tobsuchtsanfall hat, ist es ihm egal, wo er zuschlägt. Sobald er sich ausgetobt hat, wird er friedlich und zahm, und alles tut ihm schrecklich leid.

Sie mußte nur abwarten, hatte allerdings nicht mit Mohammad gerechnet. Der mußte den Vorgang gesehen haben.

Wenn sie daran denkt, hat sie heute noch ein Gefühl, als schwirrte in ihrem Magen ein Bienenvolk umher. Sie sieht Mohammad wieder mit hochrotem Kopf heranstürmen. Er ist größer und stärker als Freydoun. Sie hört ihn schreien. Er schreit auf Arabisch. Sie versteht kein Wort. Und dann sind schon Mohammads Fäuste da.

Farideh wich zur Seite.

Mohammad stürzte sich auf Freydoun mit einem Gebrüll, als sei er ein Staudamm, der mit Getöse bricht. Die ganze Wut auf Freydoun, die sich in den vergangenen Wochen angestaut hatte, brach aus ihm heraus.

Farideh hörte sich voller Angst schreien. »Nein!« Sie schrie deutsch. »Nein!«

Mohammads Fäuste trafen Freydoun mit voller Wucht im Gesicht. Blut spritzte aus seiner Nase. Sein Kopf schlug gegen die Mauer. Er reagierte schnell; hatte schon beide Hände hochgerissen, packte Mohammad am Hals, würgte ihn.

»Aufhören! Aufhören!« schrie Farideh, und sie spürte, wie ihr die Tränen aus den Augen schossen. Sie hatte entsetzliche Angst. Dann hörte sie, wie einer von den beiden mit dem Hinterkopf auf dem Asphalt des Schulhofes aufschlug. Sie sah vier Arme und vier Beine, zwei Körper, die sich auf dem Boden wälzten. Keiner von beiden gab noch einen Laut von sich. Sie kämpften stumm und verbissen. Überall war Blut.

Kinder schrien, und auf einmal war ein Erwachsener da, irgendein Lehrer, den sie nicht kannte. Er packte mit der einen Hand Mohammad, mit der anderen Freydoun und zog beide am Genick hoch. Sie sahen furchterregend aus. Freydoun blutete nicht nur aus der Nase, auch aus der Oberlippe, und Mohammad hatte blutverschmierte Haare.

Farideh lief schluchzend hinterher, als der Lehrer ihren Bruder und Mohammad zum Schulgebäude schob. Sie hörte, wie er dem Hausmeister zurief: »Wir brauchen jemanden, der die beiden ins Krankenhaus fährt.«

Sie wollte fragen, ob sie mitfahren dürfe, aber sie brachte keinen Ton heraus. Sie zitterte von oben bis unten. Irgend jemand nahm sie in den Arm, und dann saß sie bei der Frau des Hausmeisters in der Küche und trank wieder Kakao, genau wie bei ihrer Ankunft auf dem Kölner Flughafen.

Freydoun und Mohammad kehrten nachmittags angeschlagen, aber genäht ins Heim zurück. Mohammad trug einen dicken weißen Kopfverband und Freydoun ein breites Pflaster auf der Oberlippe. Sein Mund war derart angeschwollen, daß er auch dann nicht hätte sprechen können, wenn er es gewollt hätte.

Farideh hat Hamid nie so zornig erlebt wie an diesem Nachmittag.

Er hatte sie alle vier ins Büro holen lassen. Freydoun und Mohammad und sie und Cyrus. Diesmal bot er ihnen keinen Stuhl an. Er ließ sie einfach an der Tür stehen.

»Macht die Tür zu!« sagte er scharf, und als Farideh die Tür schließen wollte, sagte er noch schärfer: »Nein, Farideh! Ich will, daß einer der beiden es tut!«

Seltsamerweise wollten daraufhin Freydoun und Mohammad gleichzeitig Hamids Anordnung nachkommen. Das hätte Hamid besänftigen können. Aber er ließ sich nicht besänftigen. Die Hände auf dem Rücken verschränkt, stand er aufrecht und unbeweglich vor seinem Schreibtisch, musterte die Kinder, und Farideh sah das Spiel seiner Wangenmuskeln; sie sah auch die verdickten Adern an den Schläfen. Er war weiß im Gesicht.

Er schwieg so lange, daß Farideh am liebsten den Atem angehalten hätte.

Auch Freydoun und Mohammad war unbehaglich zumute. Sie ruckelten mit den Füßen, und Mohammad räusperte sich verlegen. Nur Cyrus tat, als ginge ihn alles nichts an. Er wartete gespannt auf das Donnerwetter.

Hamid begann sehr leise zu sprechen. Leise und scharf und in einem Tonfall, der keinen Widerspruch, nicht einmal eine Rechtfertigung zuließ.

Er sagte ihnen auf den Kopf zu, daß sie alle vier alt genug seien. »Auch du, Cyrus! Es geht dich genauso an! Ihr seid alt genug, um zu wissen, wieviel Leid der Krieg zwischen dem Iran und dem Irak den Menschen in ihren Ländern zufügt. Ich verlange von euch«, sagte Hamid und wurde lauter, »ich verlange von euch, daß ihr begreift, was Feindschaft bedeutet! Ihr erfahrt es doch am eigenen Leib! Feindschaft bedeutet: Zerstörung, Flucht und Tod!«

Wenn sie nicht lernten, trotz aller Gegensätze miteinander zu leben, dann würde sich die Welt nie verändern. »Dann wird der Krieg zwischen unseren Völkern nie ein Ende haben. Dann werdet ihr, du, Freydoun, du Mohammad, du, Cyrus, und Hunderte anderer Jungen, die vor diesem Krieg geflüchtet sind, ihr Leben lang in der Fremde bleiben müssen, um nicht genauso sinnlos sterben zu müssen wie dein Bruder, Freydoun, und dein Vater, Mohammad. Sinnlos deshalb, weil der Krieg weitergeht, als hätte es das Leben der Toten nie gegeben!«

Auf einmal zitterte Hamid. Es war ein leichtes Zittern. Farideh sah es an den Oberarmen. Sie sah auch, wie er den Körper straffte, wie er die Knie durchdrückte und die Ellenbogen. In seinen Augen sah sie eine tiefe Traurigkeit. Er holte Atem und sprach wieder sehr leise. »Ich will«, sagte er, »ich will, daß es hier im Heim Freundschaft gibt und keine Feindschaft. Ich will, daß ihr alle darüber nachdenkt. Und ich wünsche mir, daß du, Freydoun, und du, Mohammad, daß ihr beide euch gegenseitig akzeptiert. Wenigstens das!«

Hamid löste die Hände hinter dem Rücken und drehte sich zum Fenster. Er sah aus, als sei er erschöpft. Seine Stimme klang müde. »Kein Wort! Ich will von euch kein Wort hören! Geht jetzt und denkt nach!«

Selbst Cyrus machte ein ziemlich jämmerliches Gesicht, als sie nacheinander auf Zehenspitzen Hamids Büro verließen. Es war übrigens Freydoun, der die Tür leise und behutsam ins Schloß zog.

Zwei Tage später trafen Farideh und Marion im Freizeitraum Freydoun und Mohammad am Kicker. Sie kämpften verbissen gegeneinander. Marion sagte laut: »Also, wenn ich nicht plötzlich von Halluzinationen befallen bin, dann sind die zwei dabei, sich zu finden, obwohl sie sich gar nicht lange hätten suchen müssen. Typischer Fall von Wahnsinn!«

»Wahnsinn?«

»Sag bloß, du findest es gesund, wenn zwei Blödköppe sich erst gegenseitig die Schädel einschlagen müssen, um herauszufinden, daß es Spaß macht, mal eine Runde zusammen zu kickern. Übrigens sind Männer in dieser Hinsicht wahnsinniger als Frauen. Merk dir das. Kannst du fürs Leben brauchen.«

5

Eine Woche später nahm Marion sie mit zu McDonald's.

»Zwei große Pommes mit Mayo, einen Big Mac und zwei große Cola, bitte!« Marion bestellte, als wäre sie die Königin von Saba.

»Saba? Nie gehört. Ich kenne nur die von England und die Sylvia in Schweden. Meine Oma sagt, die hätte sich ihren König geangelt.«

Das Mädchen an der Kasse packte alles auf ein Tablett. »Fünfzehn Mark.«

»Mensch, ich wollte doch nicht den ganzen Laden kaufen!« Marion legte einen Zwanzigmarkschein hin.

Farideh stand daneben und staunte. McDonald's, fand sie, sieht vornehm aus. Überall Glas, Chrom und Holz, Spiegel an den Wänden, schöne Lampen, hohe Kübelpflanzen und ein Fliesenfußboden, glatt wie in einem Tanzsaal.

Marion tat so, als sei sie in dem Schnellrestaurant zu Hause, nahm das Wechselgeld, stopfte das Portemonnaie in die Jeans, griff das Tablett und steuerte auf einen Tisch am Fenster zu. Es störte sie überhaupt nicht, als eine Fritte vom Tablett rutschte und auf den spiegelblanken Fußboden fiel. Farideh wollte sich bücken und die Fritte verstohlen aufheben. »Laß bloß liegen! Dafür gibt's Putzmädchen!«

Den Big Mac teilten sie sich. Für zwei hätte Marions Geld nicht gereicht. Seit Sonntag gibt sie mit dem Zwanzigmarkschein an, den ihr die Großmutter zugesteckt hat. Marions Eltern haben sie noch nie im Heim besucht, aber alle zwei Monate kommt die Großmutter und nimmt Marion mit ins Café. »Dabei würd ich viel lieber zu McDonald's gehen, aber das versteht die alte Dame nicht.«

»Soll ich nicht doch was dazugeben?« erkundigte sich Farideh und biß in ein weiches Brötchen mit Frikadelle, Gemüse und einer würzigen Soße dazwischen. Es schmeckte ganz ähnlich wie daheim. Allerdings ist der Hamburger in Teheran aus Lammfleisch gemacht, und es gibt viel mehr Gemüse dazu.

Sie hatte fünf Mark mitgenommen. Das war Taschengeld, das sie pro Woche vom Heim bekommt. Hamid sagt, es sei vom Jugendamt, weil das doch Elternstelle vertritt. Freydoun bekommt zehn Mark, und manchmal schicken die Eltern aus Teheran Geld.

Marion winkte ab. »Ich hab heute meinen großzügigen Tag. Du bist eingeladen. Hab ich dir doch schon gestern gesagt.« Sie stopfte fünf Fritten mit Mayonnaise auf einmal in den Mund, kaute genußvoll, wies mit einer Rundumbewegung des Kopfes durchs Lokal, kaute immer noch und fragte mit vollem Mund: »Na? Was hältst du von meinem Lieblingsplatz? Ist doch was anderes als der Speisesaal im Heim. Hier tobt das Leben!«

Von Toben konnte keine Rede sein, auch wenn ein Knirps am Nachbartisch mit einer Fritte in der Hand auf der Sitzbank herumturnte und mit der anderen Fettmuster auf einen Wandspiegel malte. Seine Mutter sah unbeteiligt zu.

»Ist doch nicht schlecht hier, oder?«

»Mir gefällt es sehr gut!« versicherte Farideh und erzählte Marion, daß es in Teheran zwar Hamburger, aber keinen McDonald's gibt.

»Hast du wahrscheinlich nur nicht richtig hingeguckt. Solche Läden gibt es überall auf der Welt. Ist 'ne amerikanische Kette.«

»Amerikanisch?«

Marion nickte und machte sich über die andere Hälfte des Big Mac her.

»Dann gibt es solche Lokale bestimmt nicht bei uns, weil der Ayatollah sagt, die Amerikaner seien unsere Todfeinde.«

»Die auch? Wie viele Feinde habt ihr denn noch? Wenn ihr mit denen allen Krieg führen wollt, gibt's ja nie Ruhe!«

»Also, Krieg haben wir nur mit dem Irak, und der hat angefangen!«

Marion lachte. Es klang sogar etwas höhnisch, und sie prustete etwas von ihrem Brötchen aufs Tablett.

»Warum lachst du?«

»Na ja. Weißt du! Angefangen hat *immer* der andere, wenn zwei sich kloppen. Ist dir das noch nie aufgefallen?« Sie schüttelte den Kopf und verzog das Gesicht zu einer dramatischen Grimasse. »Also Fa«, sagte sie und bemühte sich, nicht mehr zu lachen, »also weißt du, manchmal hab ich den Eindruck, daß du einfach zu jung bist für diese Welt. Du begreifst das Leben nicht!« An diesem Nachmittag nannte Marion sie zum ersten Mal einfach nur: Fa.

»Ich bin nur ein Jahr jünger als du!«

»Sei nicht gleich beleidigt! Ich will dir doch nichts! Aber Fa, das Leben«, Marion machte mit der rechten Hand eine weitausholende Bewegung und wurde beinahe feierlich, »das Leben ist bunt und laut und geheimnisvoll und vor allem hart. Jeder muß sich durchschlagen. Und wenn einer zuhaut, haut man zurück, und wenn dann einer kommt und fragt: Wer hat angefangen?, dann hat natürlich der andere angefangen, auch wenn man's selbst war. Mensch, Fa! Lebst du im Märchen, oder was? Das Leben bedeutet: fressen oder gefressen werden! Deshalb wird's auch nie langweilig. Nimm zum Beispiel den Big Mac hier, der hat nur zwei Chancen in seinem kurzen Leben: Entweder wird er alt, stinkig und unansehnlich, oder er läßt sich freiwillig und mit Vergnügen verspeisen.«

»Kann ja sein«, antwortete Farideh unbeeindruckt, »daß ich von *eurem* Leben hier nicht viel verstehe. Aber eins weiß ich mit Sicherheit.«

»Was denn?«

»Daß es zwischen diesem Brötchen und einem Menschen einen gewaltigen Unterschied gibt.«

»Und der wäre?« Marion nuckelte mit dem Strohhalm an ihrer Cola.

»Ein Brötchen läßt sich nicht verarschen!«

»Oh!« Marion prustete den Schluck Cola quer über den Tisch. Das war sozusagen eine Art Notwehr. Andernfalls hätte sie sich verschluckt. »Was sagst du? Du sagst *verarschen*? Mensch, Fa, du machst echte Fortschritte!«

Als der Big Mac verzehrt war, nahmen sie den Rest Fritten und die Colabecher mit in die Straßenbahn. Es war Zeit, ins Heim zurückzufahren. Die Bahn war voll, alle Plätze besetzt. Kurzentschlossen ließ sich Marion auf der Plattform zwischen den Einstiegstüren nieder. Farideh zögerte. Marion sagte nichts, grinste nur, grinste erst Farideh an, dann die Erwachsenen ringsum, die zuerst so taten, als bemerkten sie Marions Benehmen gar nicht.

Sie schlug die Beine zum Schneidersitz übereinander, klemmte den Colabecher mit den Beinen fest und stopfte in aller Ruhe Fritten in sich hinein. Farideh überwand ihre Scheu und setzte sich neben sie. Jetzt murrte irgendein Erwachsener.

»Ist doch nicht verboten, oder?« erkundigte sich Marion lautstark.

Und dann stürmten Freydoun und Mohammad an der nächsten Haltestelle in die Bahn. Sie lachten und kicherten. Freydoun rempelte Mohammad, Mohammad rempelte zurück.

»Hallo, Freydoun!« Farideh machte sich bemerkbar. Sie freute sich, Freydoun in der Bahn zu begegnen, er war mit Mohammad unterwegs gewesen.

»So ein Zufall!« murmelte Mohammad. Freydoun sagte gar nichts. Anscheinend war es ihnen peinlich, wie sich Farideh und Marion in der Bahn benahmen.

»Die Herren tun so, als würden sie uns nicht kennen«, flüsterte Marion und fing nun ihrerseits an zu kichern. »Paß mal auf! Gleich kannst du noch was fürs Leben lernen!«

Farideh beobachtete die Freundin. Mit zwei Fingern zog Marion eine einzelne Fritte aus der Tüte, schob sie betont langsam in den Mund und fixierte Freydoun mit großen, unschuldigen Augen. Farideh sah, wie Marion nur ein winziges Stück abbiß, den kleinen Finger geziert von der Fritte weggestreckt. Marions Augen begannen zu lächeln. Sie kaute und lächelte und fixierte Freydoun, ohne auch nur einmal den Blick abzuwenden.

Freydoun wurde rot und versuchte wegzusehen. Es gelang für eine Sekunde oder zwei. Wie magisch angezogen, wanderten seine Augen zu Marion zurück. Die biß das nächste Stück Fritte ab und strahlte ihn an. Freydoun starrte gebannt.

Mit vollem Mund, kauend, aber mit honigsüßer Stimme sagte Marion auf einmal: »Warum kennst du mich denn nicht mehr? Gefalle ich dir nicht?«

Diesmal wurde Freydoun bis an die Haarwurzeln rot. Marion brach in ein schadenfrohes Gelächter aus, lehnte sich an Farideh und wollte gerade die nächste Bosheit loswerden, als die Bahn mit einem scharfen Ruck abbremste und Marions Fritten schwungvoll aus der Tüte auf die Schuhe eines älteren Herrn klatschten.

Er zog angewidert seinen Fuß zurück. »Jetzt ist aber Schluß!« sagte er wütend. »Fritten gehören nicht in die Bahn!«

Freydoun nutzte die Gelegenheit, um sich aus dem Staub zu machen. Er drängte und schob sich zwischen den Fahrgästen hindurch zum vorderen Teil des Waggons. Mohammad folgte ihm.

»Hast du gesehen, was ich gemacht habe? Ich habe deinen Bruder ganz schön ins Schwitzen gebracht. So was nennt man flirten. Damit setzt du jeden Jungen schachmatt.«

»Ist das auch amerikanisch?«

»Ich glaube schon. Wenigstens ist das Wort englisch.«

In Teheran, das wußte Farideh, dürfte sie niemals mit einer Freundin allein und ohne Aufsicht Bus fahren oder gar in ein Lokal gehen. Zumindest müßte Freydoun dabeisein. Und sie müßte einen Mantel und ein Kopftuch tragen, auf keinen Fall Jeans.

Nach dem Abendessen suchte sie die Nähe des Bruders. Er spielte mit Mohammad im Freizeitraum Schach. Das hatte er seit ihrem Abflug aus Teheran nicht mehr getan. Schachspielen hat mit Nachdenken zu tun. Einer, der nachdenkt, darf nicht gestört werden. Also hockte sich Farideh neben Freydouns Füßen auf den Boden und legte den Kopf an sein Knie. Es tat gut, seine Wärme und seine Nähe zu spüren.

6

Farideh denkt gern an den Frühling. In Deutschland ist er anders als im Iran. Er dauert länger, und die Luft ist weicher.

Jeden Tag ging sie in den Garten des Heims und sah nach, welche Büsche und Bäume blühten, ob sich die ersten Blätter der Rosenstöcke schon vom winterlichen Rot ins sommerliche Grün verfärbten.

Manchmal ging Marion mit. Nicht immer. Sie fand es langweilig, Pflanzen zu betrachten, hatte mehr Spaß daran, mit Mohammad und Freydoun zu kickern.

Einmal spielten die beiden gegen sie und Farideh. Aber Farideh stellte sich ungeschickt an. Sie war an den Griffen zu langsam. Marion ließ sich jedoch nicht davon abbringen, an Faridehs Kickertalent zu glauben.

»Wetten, du schaffst es? Du wirst die Kicker-Queen vom Heim, wenn du dich erst mal von eurem Ayatollah freigemacht hast!«

»Was hat der Ayatollah damit zu tun?«

»Na weißt du! Also, wenn ich das richtig einschätze, gibt es im Iran keinen einzigen Kicker – der ist nämlich auch amerikanisch. Und wenn es so was gäbe, dürften die Mädchen als allerletzte dran spielen. Stimmt's, oder hab ich recht?«

An diesem Abend schrieb Farideh an die Eltern nach Teheran: »Freydoun braucht kein Fahrrad mehr. Er hat einen Freund!«

Sie schrieb nicht, daß Mohammad zu den wenigen Kindern gehört, die im Krieg zwischen dem Iran und dem Irak aus Bagdad in die Bundesrepublik Deutschland geschickt worden waren. Es war Mohammads Großvater, der darauf bestanden hatte, weil er vor vielen Jahren in Köln Maschinenbau studiert hatte. Er hatte Mohammad ins Flugzeug gesetzt, als Mohammads Vater von den Kämpfen in den mesopotamischen Sümpfen nicht zurückgekehrt war.

Sie schrieb auch nicht, daß Mohammad einmal gesagt hatte, niemand wisse genau, wie viele Menschen in den Sümpfen, den Minenfeldern und Stacheldrahtverhauen tot herumliegen, ohne jemals gefunden zu werden. Das sollte Freydoun schreiben, wenn er es schreiben wollte.

Es sah so aus, als gäbe es für Freydoun keine Monster mehr, die ihn bedrohten.

Es machte Farideh nichts aus, daß Freydoun und Mohammad immer häufiger an freien Nachmittagen allein in die Stadt fuhren. Sie hatte keinen Grund, eifersüchtig zu sein. Warum auch? Eine Freundschaft ist eine Sache, Bruder und Schwester zu sein ist viel mehr, ein Zustand, der ein Leben lang dauert. Den anderen Bruder hatte sie verloren. Aber nicht an einen anderen Menschen, sondern durch den Tod. Und Freydoun war hier in Sicherheit.

Sie war sogar erleichtert, als Freydoun irgendwann sagte: »Weißt du, Farideh, ich finde, Kickern ist wirklich nichts für Mädchen. Mohammad sagt das auch. Du und Marion, ihr verliert dauernd gegen uns, das macht keinen Spaß. Und außerdem –«

»Was: außerdem?«

Freydoun wurde ein klein wenig rot, schlug die Augen nieder, schluckte. Was war los mit ihm?

Schließlich sagte er: »Ach, nichts. Wir wollen bloß nicht mehr mit euch kickern, das ist alles.«

Marion fauchte wie eine wildgewordene Katze, als Farideh ihr davon erzählte. »Blödmänner!« Aber Farideh hatte gar keine Lust, Kicker-Queen zu werden.

Dann schnappte sie während eines Gesprächs zwischen Freydoun und Mohammad eine Vokabel auf, die sie noch nie gehört hatte.

Als Yvonne am Abend zur Abwechslung ein grünes Stachelmonster im Klo hatte verschwinden lassen und danach endlich eingeschlafen war, kletterte Farideh zu Marion ins Etagenbett.

»Weißt du, was Abschiebehaft ist?«

»Ab- was?«

Farideh wiederholte das fremde Wort Silbe für Silbe.

»Nie gehört! Ich weiß nur, daß Haft so was wie Knast bedeutet.« Schon wieder ein neues Wort.

»Knast heißt Gefängnis. Mein Alter ist dort regelmäßig untergebracht, bei freier Kost und Logis.«

»Dein Alter?«

Marion seufzte ungeduldig: »Na ja, mein Vater. Mensch, Fa, das Leben ist nicht so vornehm wie das Deutsch, das du in der Schule lernst!«

»Abschieben«, überlegte Marion laut, »abschieben ist doch so was wie wegschieben. Aber: Wer oder was wird weggeschoben? Und wohin? In den Knast? Oder was hat der Knast damit zu tun?«

Am nächsten Morgen fragte Farideh Freydoun. Der machte ein Gesicht, als könnte er ohne weiteres einen seiner Tobsuchtsanfälle bekommen. »Das geht dich nichts an! Überlaß das Mohammad und mir.«

»Ist es was Verbotenes?«

»Quatsch! Aber es ist nichts für kleine Mädchen.«

»Gratuliere!« kommentierte Marion trocken.

»Wozu?«

»Na, zu diesem Prachtexemplar von Bruder! Bin ich froh, daß ich keinen habe!«

An diesem Nachmittag beschlossen sie herauszufinden, was Freydoun und Mohammad in der Stadt zu tun hatten.

Sie bestiegen dieselbe Straßenbahn, nahmen jedoch den hintersten Einstieg, beobachteten mit gespannter Aufmerksamkeit die Leute, die an den Haltestellen ausstiegen, jederzeit bereit, im letzten Augenblick noch rauszuspringen. Am Barbarossaplatz stiegen sie um.

Heute weiß Farideh, daß sie Glück hatten. Es war Dienstag, und nur dienstags trafen sich die Jungen mit Farsad.

Unbemerkt folgten sie ihnen aus einem U-Bahnhof in eine breite Verkehrsstraße, bogen hinter ihnen in eine kleinere Straße ab, warteten sicherheitshalber geduckt hinter einem parkenden Auto. Als sie dann einen vorsichtigen Blick riskierten, waren Freydoun und Mohammad verschwunden. Sie rannten bis zur nächsten Querstraße. Nichts. Keine Spur von den beiden.

»Als hätten sie sich in Luft aufgelöst!« sagte Marion.

»Aber ein Mensch kann sich doch nicht in Luft auflösen!«

»Dann hat sie der Erdboden verschluckt, oder sie sind aus Versehen in einen Gulli gefallen.«

Etwas ratlos standen sie an einer Kreuzung in dem fremden Stadtviertel. Es war fünf Uhr nachmittags. Starker Autoverkehr schob sich an ihnen vorbei. Die Luft stank nach Abgasen. Zweimal sprang die Fußgängerampel von Rot auf Grün, bis Farideh auffiel, daß nur wenige Meter hinter ihnen ein persisches Restaurant lag.

Nachdenklich ging sie die wenigen Schritte zurück. Marion folgte ihr, ohne etwas zu sagen. Dann standen sie vor den buntbemalten Fenstern. Es waren farbige orientalische Tanz- und Musikszenen. Am stärksten war das Blau. Dunkler als Lapislazuliblau, aber eben blau.

»Blau ist unsere Lieblingsfarbe«, erklärte Farideh und sprach leise, als fürchtete sie sich davor, zu laut zu sein. »Auch die Moscheen sind meistens in Blau. In Blau und Gold vor allem.«

Marion preßte das Gesicht an die Scheibe und versuchte, an einer Stelle, die nicht übermalt war, in den Innenraum zu blicken.

Er war dämmrig. Marion konnte das Inventar nur schemenhaft erkennen: Tische und Stühle, Teppiche auf dem Fußboden, ein Podest mit einem elektrischen Klavier und anderen Musikinstrumenten. Das Lokal war geschlossen.

Farideh wollte auch hineinsehen. »Sieht es echt persisch aus?« fragte Marion.

»Ein bißchen.«

Erschreckt fuhren sie herum, als sie von hinten angesprochen wurden. »Na, ihr beiden?«

Farsad war unbemerkt an sie herangetreten. Er erinnerte Farideh an den glatzköpfigen Iraner, der Freydoun die Tikkets in Athen verkauft hatte: klein, rund und listig. Farsad war nur etwas jünger.

»Sucht ihr was Bestimmtes?« Er sprach gut Deutsch, musterte sie mit kleinen, dunklen und sehr flinken Augen. »Bist du Iranerin?« fragte er überraschend in Farsi.

»Was sagt er?« erkundigte sich Marion sofort.

»Ich bin Iranerin«, antwortete Farideh deutsch und fügte hinzu: »Meine Freundin versteht kein Farsi. Wir suchen meinen Bruder, Freydoun. Kennen Sie ihn?«

Es ist verrückt, aber sie hatte von Anfang an das Gefühl, daß Farsad Freydoun kannte.

Er setzte ein verschmitztes Lächeln auf, nickte und sagte, sie sollten mitkommen.

Diesmal zögerte Marion. Farsad schloß bereits die Tür

des Restaurants auf. »Ich weiß nicht, Fa – ganz allein mit einem fremden Mann in ein Lokal gehen? Was ist, wenn der auf kleine Mädchen steht?« Marion flüsterte aufgeregt.

Farideh nickte. »Vielleicht wartest du besser draußen und paßt auf?«

Marion war einverstanden. So konnte nichts passieren.

Farsad machte kein Licht im Restaurant. Farideh folgte ihm an den Tischen vorbei, stieg hinter ihm die Stufen zu einer Empore hoch und sah ihn hinter einer Schwingtür verschwinden.

»Was ist?« hörte sie ihn in Farsi rufen. »Ich denke, du willst deinen Bruder treffen!«

Dann hörte sie Freydouns Stimme. Er stieß einen kleinen Überraschungsschrei aus. »Farideh?«

Hinter der Schwingtür liegt die Küche. Wenn sie heute darüber nachdenkt, dann sieht sie alles vor sich: ein kleiner, enger Raum, nicht größer als die Küche zu Hause. Voller Tiegel, Töpfe, Pfannen. Ein großer Kühlschrank, Körbe mit Gemüse, Großpackungen mit Reis. Es riecht wie bei der Mutter oder bei Bibijun. In der Mitte steht ein viereckiger Tisch mit Resopalplatte. Mohammad lehnte in der Tür, die nach hinten in einen Innenhof führt.

Seit drei Wochen kamen er und Freydoun Dienstag nachmittags gegen fünf Uhr hierher. Dienstags deshalb, weil dann der Besitzer des Restaurants erst gegen sieben Uhr auftauchte. Bis dahin waren Freydoun und Mohammad schon wieder unterwegs ins Heim.

Farideh holte Marion herein. Farsad tat, was er jeden Dienstag machte. Er wärmte ein Essen auf, Reste, die vom Vorabend übrig waren. Manchmal schmeckte es persisch, manchmal eher arabisch. Farsad ist der zweite Koch und nur ein halber Iraner, auch wenn er Farsi spricht. Seine

Mutter stammt aus Isfahan, aber sie habe nach Khatar am Persischen Golf geheiratet, und Farsads Vater – das erzählte er mit einem Augenzwinkern – sei zur Hälfte Iraker gewesen, aus einem Dorf am Euphrat.

»Aber sagt bloß meinem Chef nichts davon! Der würde mich deswegen rausschmeißen. Er mag keine Iraki, auch wenn er nicht glaubt, daß sie Teufel sind.«

»Sind wir auch nicht!« bekräftigte Mohammad. Freydoun nickte bestätigend.

Mohammad, das weiß Farideh heute, kannte Farsad schon seit drei Monaten. Farsad hatte ihn in der Stadt angesprochen und gefragt, wie er denn im Heim und in Deutschland zurechtkäme. Gegen Mohammads Heimweh bot er ein Dienstagsessen an.

Während Farsad das Essen aufwärmte, erfuhren Farideh und Marion, was es mit der Abschiebehaft auf sich hat.

»Abschiebehaft«, erklärte Farsad, »bedeutet, daß einem Flüchtling in Deutschland kein Asyl gewährt wird. Wenn er trotzdem nicht das Land verläßt, wird er festgenommen und von der Polizei festgehalten, bis sie ihn zwangsweise in ein Flugzeug setzen, das ihn in die Heimat zurückbringt.«

»Also doch Knast!« stellte Marion befriedigt fest.

Farsad erzählte stolz, er lebe schon seit zehn Jahren in der Bundesrepublik. »Ich gehöre zu denen, die politisches Asyl bekommen haben! Ich darf hierbleiben.«

Auf dem Heimweg schwieg Freydoun wieder einmal ausführlich. Aber es war kein trotziges Schweigen. Er kickte gedankenverloren einen Stein vor sich her. Er achtete nicht auf entgegenkommende Autos, bis er auf einmal den Stein im hohen Bogen wegstieß und sagte: »Warum ist Ali Baba nicht ins politische Asyl geflüchtet?« Er sprach Farsi. Nur Farideh verstand, was er sagte.

»Mir ist etwas eingefallen«, fuhr Freydoun fort. »Ich glaube, ich erinnere mich an ein Gespräch zwischen Papa und Onkel Hossein.«

Mohammad und Marion, die kein Wort verstanden, protestierten: »Geheimniskrämerei gilt nicht!«

7

Daß Freydoun sich zwar nicht auf den ersten, sondern sozusagen auf den dritten Blick in Marion verliebt hatte, bemerkte Farideh erst bei Freydouns fünfter Frage. Sie war begriffsstutzig wie ein Wasserbüffel. Oder werden weibliche Wasserbüffel Wasserkühe genannt?

Marion war wieder einmal abgehauen, zum dritten Mal, seit Farideh und Freydoun im Heim lebten. Ihr Verschwinden war also nichts Besonderes; außerdem hatte sie Farideh in der Pause Bescheid gesagt und sich freundlich für die nächsten drei Tage verabschiedet. »Vielleicht schaff ich's auch vier? Wär super!« Kein Grund zur Aufregung also.

Trotzdem saß Freydoun beim Mittagessen unruhig am Tisch, fixierte Marions leeren Stuhl, fixierte Farideh, knetete eine Brotscheibe zwischen den Fingern, stopfte sich die Weichteile als Kügelchen in den Mund, rollte die Rinde zwischen den Handflächen, als ließe sich daraus eine lebendige Schlange formen.

»Wo ist Marion?« fragte er schließlich. Das war die erste Frage.

Marion hatte Farideh nicht zum Schweigen verpflichtet. Sie hatte nur gesagt: »Laß mir ein Stündchen Vorsprung, das reicht.«

Die Stunde war um, aber Farideh wollte Marion mehr Zeit geben, deshalb sagte sie nichts, zuckte nur die Schultern und setzte ihr Kleinmädchenlächeln auf.

Als sie über den Hausaufgaben saßen, landete ein Papierflieger auf Faridehs Aufsatzheft. Wie immer, wenn sie unter sich waren, hatte Freydoun von rechts nach links geschrieben. »Weißt du, was sie vorhat?«

Sie drehte sich zu Freydoun um. Er saß an seinem Tisch und machte große, fragende Augen.

Was war los mit ihm? Er hatte sich doch noch nie sonderlich für Marion interessiert. Also schrieb sie auf den anderen Tragflügel: »Ist irgendwas nicht in Ordnung?«

Leider landete der Flieger bei Thorsten. Als Freydoun aufsprang und Thorsten seine Beute entriß, nutzte der die Gelegenheit, sich wieder einmal ordentlich auszutoben. Thorsten reicht Freydoun gerade bis zur Brust. Freydoun mußte den Papierflieger nur am ausgestreckten Arm in die Höhe halten, dann hatte der Knirps keine Chance. Aber Freydoun blieb so nur noch eine Hand zur Abwehr.

Thorsten boxte ihn in den Magen, trat ihm gegen das Schienbein, biß ihn in die Hand, bis Freydoun ihn endlich zur Tür hinausschob und die Tür von innen zuhielt.

Yvonne, die den Kampf feixend verfolgt hatte, nickte zustimmend und sagte verächtlich: »Der Typ ist doch verhaltensgestört!«

»Das sagst *du*?« entfuhr es Mariam, »was machst du denn? Du klaust wie ein Rabe!«

Farideh beschloß, den Aufsatz über ihr schönstes Erlebnis in Köln lieber im Schlafraum weiterzuschreiben. Hier im Gemeinschaftsraum würde so schnell keine Ruhe einkehren. Möglicherweise artete der beginnende Streit zwischen Mariam und Yvonne in Handgreiflichkeiten und schrilles Geschrei aus. Sie packte Hefte und Bücher zusammen.

Aus dem Aufsatz wurde nichts mehr.

Freydoun war ihr gefolgt, stand unter der Tür zum Zimmer der Mädchen, versuchte kühl und überlegen zu wirken und fragte in einer Tonlage, die andeuten sollte, daß ihn die Antwort eigentlich gar nicht interessierte: »Ist irgendwas nicht in Ordnung mit Marion?«

Freydoun war auf dem besten Weg, Farideh auf die Nerven zu gehen. »Was soll mit Marion nicht in Ordnung sein? Ich dachte, *du* wüßtest was, weil du dauernd fragst!«

»Ich weiß überhaupt nichts! Ich stelle nur fest, daß *du* etwas weißt und es nicht sagst. Bisher hast du auf keine Frage geantwortet.«

Farideh bemerkte, wie er verstohlen zu Marions Bett hinaufstarrte. Sie begriff immer noch nicht.

»Schläft sie da oben?«

»Wieso soll sie jetzt da oben schlafen?«

»Ich meine nicht jetzt, ich meine sonst.«

»Ja, sie schläft sonst dort oben! Ist das immer noch eine ausweichende Antwort?«

Jetzt machte Freydoun verblüffte Augen. Sie hatte ihn bisher noch nie abgekanzelt. Schließlich war er der große Bruder. Den kann eine jüngere Schwester gar nicht abkanzeln, weil er nicht nur stärker, sondern auch klüger ist.

Farideh seufzte hörbar. Sie bemühte sich, nicht ungeduldiger zu werden, als sie schon war. »Was ist los mit dir, Freydoun? Du weißt doch ganz genau, warum Marion nicht da ist. Alle im Heim wissen es. Susanne hat es sicher längst der Polizei gemeldet. Es ist doch nicht das erste Mal, daß sie die Nase voll hat. Marion braucht ihre Freiheit.«

Freydoun senkte den Kopf. Selbstverständlich mußte er wissen, daß Marion abgehauen war. Das war es nicht, was ihn so erregte. Irgend etwas anderes machte ihn nervös. Er scharrte mit dem rechten Fuß auf dem Linoleumboden, schluckte heftig, vermied es, die Schwester anzusehen. »Und wenn ihr *diesmal* etwas zustößt?« Das war die fünfte Frage.

»Ich meine«, fügte er hinzu und sprach nun schnell und hastig, »ich meine, es könnte ja sein, daß ihr diesmal etwas zustößt. So ungefährlich ist das nicht, was sie macht. Mohammad hat es mir aus der Zeitung vorgelesen. Es gibt Männer, die tun jungen Mädchen etwas an.« Er stockte einen Moment.

Typisch Freydoun, dachte Farideh, während sie darauf wartete, daß er weitersprach, typisch für ihn, daß er nicht selbst Zeitung liest! Ich glaube, er *will* gar nicht richtig Deutsch lernen.

Sie hörte Freydoun tief Luft holen. »Ich meine, wir sollten Marion suchen, damit ihr nichts passiert!«

Farideh war so überrascht, als sie nun endlich begriffen hatte, was mit ihrem Bruder los war, daß sie erst einmal schwieg.

»Was ist? Kommst du mit? Sie ist doch auch deine Freundin!«

»Auch ist gut!« Farideh spürte, daß sie gleich lachen würde. »Sie *ist* meine Freundin. Sag mal, Freydoun, du hast dich doch nicht etwa verliebt? Was sagt Mohammad dazu? Und Marion?« Farideh schluckte ihr Lachen hinunter, drückte es in den Hals, bis die Augen vor Anstrengung feucht wurden. Das Aufsatzheft klappte sie endgültig zu.

Freydoun wurde rot, nein, nicht einfach rot: Sein Gesicht bekam Ähnlichkeit mit einem Feuerwehrauto.

Er wollte Marion also in der Stadt suchen. »Und wenn wir uns verlaufen? Wir waren noch nie allein unterwegs.«

Die Röte wich langsam aus seinem Gesicht. »Wir verlaufen uns nicht«, antwortete er überzeugt, »wenn wir es geschafft haben, zu zweit um den halben Erdball zu fliegen und heil anzukommen, dann schaffen wir es auch, Marion zu finden!«

Es kostete Farideh viel Mühe und Überredungskraft, Freydoun davon zu überzeugen, daß Marion ganz und gar nicht von ihm gesucht, gefunden und ins Heim zurückgebracht werden wollte.

Als er es endlich eingesehen hatte, nahm er ihr das Versprechen ab, niemandem etwas davon zu sagen, daß er sich in Marion verliebt hatte. »Unter keinen Umständen etwas zu Marion! Und auch nicht zu Mohammad. Ich bitte dich darum. Ich bitte dich, das als Familiengeheimnis zu hüten.« Farideh versprach es.

Die nächsten zwei Tage konnte Freydoun so gut wie nichts essen. Susanne wunderte sich, und Ulla drohte ihm sogar an, ihn zum Arzt zu schicken. »Das ist doch nicht normal, wenn ein Junge im Wachstumsalter nichts ißt! Da stimmt was nicht.«

Marion schaffte es nur zweieinhalb Tage. Sonntagabend wurde sie von einem Polizisten und einer Polizistin zurückgebracht. Es war Abendessenszeit. Die beiden brachten eine fröhliche, quietschvergnügte Marion in den Speisesaal und lieferten sie bei Susanne ab.

Als hätte es noch niemand bemerkt, verkündete Marion: »Hi, Fans! Ihr habt mich wieder!« Freydoun, der gerade versucht hatte, ein Käsebrot Bissen für Bissen pflichtgemäß hinunterzuwürgen, verschluckte sich und machte wieder den gleichen Fehler: Er wollte nicht husten und lief rot an, bis Farideh ihm in Vertretung von Bibijun kräftig auf den Rücken klopfte.

Während die übrigen Kinder und Erzieher nach dem Abendessen vor dem Fernseher saßen, weil Sonntagabend Fernsehabend ist, hockten Farideh, Marion, Freydoun und Mohammad unten im Freizeitraum zusammen.

»Pech. Das war pures Pech wie Schwefel, daß mich die Bullen so schnell geschnappt haben«, sagte Marion, saß auf der Tischtennisplatte und baumelte mit den Beinen. Die langen, blonden Haare wirkten nach ihrem Ausflug etwas verfilzt.

Farideh sah, wie Freydoun sie trotzdem anstarrte, als wäre Marion eine Märchenfee.

»Im Sommer ist es nämlich gar nicht schwierig, einen Schlafplatz zu finden. Es gibt zwei todsichere Möglichkeiten.«

»Welche?« fragte Mohammad.

»Entweder du gehst zum Bahnhof und machst dort einen von den Rucksackleuten an. Möglichst jemanden, der seinen Schlafsack schon zum Pennen ausgerollt hat: Bei dem kannst du nämlich sicher sein, daß er erst am nächsten Morgen einen Zug nimmt. Ich such mir immer ein älteres Mädchen aus, das ein bißchen freakig ausschaut. Die krieg ich am schnellsten rum. Ich erzähl ihr meine Horrorstory, daß meine Eltern Säufer sind und sich wieder mal wüst verkloppen. Deshalb würde ich die Nacht nicht daheim verbringen wollen. Das klappt hundertprozentig. Ich darf dann zu ihr in den Schlafsack, und wenn einer von der Bahnpolizei kommt, sagt sie, ich sei ihre kleine Schwester.«

Freydoun hörte fasziniert zu, aber Farideh war überzeugt, daß er nicht alles verstand: Marion redete schnell und verwendete lauter Wörter, die nicht im Wörterbuch stehen.

»Die andere Möglichkeit ist, du suchst dir eine Hütte in 'ner Schrebergartenkolonie. Ist aber ziemlich mulmig, weil du nie weißt, ob nicht plötzlich die Besitzer auftauchen oder ein fieser Typ, der auf junge Mädchen scharf ist.«

»Und was war nun das Pech?« wollte Mohammad wissen.

Marion verzog das Gesicht zu einer angewiderten Grimasse: »Die, bei der ich im Schlafsack lag, kriegte plötzlich das Fracksausen, als die zwei Typen von der Bahnpolizei über uns standen und unsere Ausweise sehen wollten. Da hat sie mich verraten. Mies, echt mies, sag ich euch!«

Als sie dann im Bett lagen und Marion die Vorzüge eines richtigen Bettes gegenüber einem Schlafsack pries, konnte Farideh doch nicht den Mund halten. Sie fragte flüsternd: »Sag mal, Marion, was meinst du, könntest du dich in Freydoun verlieben?«

»Bist du übergeschnappt?« Marion prustete los, hielt sich das Kopfkissen vors Gesicht, damit Mariam und Yvonne nicht aufwachten. »Ich und Freydoun? Wie kommst du denn auf *die* Idee? Vielleicht weil ich in der Bahn mal mit ihm geflirtet hab? Also weißt du, Fa, du verstehst wirklich nichts von der Sache. Ich meine, von der Sache zwischen einem Mädchen und einem Jungen. Ich mach doch nicht einen an, um mich dann in ihn zu verlieben! Und noch ausgerechnet Freydoun! Kapierst du nicht, was der für ein Machotyp ist? Absolut Macho! Mensch, Fa, ich fürchte, du mußt noch einiges lernen.«

Macho? Was war denn das wieder? Farideh fragte nicht. Es genügte ihr vorläufig, sich mit ihrer ersten Frage gründlich blamiert zu haben.

8

Farideh steht am Fenster im Jungenzimmer und blickt hinaus auf die knorrigen Äste der Kastanie. Sie schwänzt das Abendessen. Auf diese Weise ist sie ungestört.

Als sie und Freydoun im Heim eintrafen, waren die Äste kahl und schwarz vor Nässe. Später, erinnert sie sich, bekam der Baum dicke, braune Knospen. Sie wuchsen von Tag zu Tag, bis sie aufplatzten und zusammengefaltete kleine Blätter freigaben. Im Mai standen rote Blütenkerzen zwischen dem Laub. Und nun kann sie, wenn sie genau hinsieht, zwischen den handförmigen Blättern die ersten Stachelfrüchte erkennen. Sie sind hellgrün und winzig.

Irgendwann haben Kinder, die vor ihnen im städtischen Waisenhaus lebten, dicke Eisennägel in den Stamm geschlagen.

Farideh entriegelt das Fenster.

»Farideh?«

Sie fährt herum. Mohammad steht hinter ihr. Das Fenster ist einen Spaltbreit offen. Mohammad blickt von ihr zum Fenster, vom Fenster zu ihr.

»Wegen Freydoun?« fragt er.

Farideh fühlt sich unbehaglich. Sie mag Mohammad. Warum hat Freydoun ihn nicht in seine Pläne eingeweiht? Sie hätten sich die Verantwortung teilen können.

Was geschieht, wenn er oder einer der anderen Jungen nachher, ehe das Licht gelöscht wird, das Fenster wieder verriegeln?

Sie hätte es, wäre Mohammad nicht dazwischengekommen, sacht angelehnt und den Vorhang vorgezogen. Wahrscheinlich hätte niemand bemerkt, daß das Fenster nicht verschlossen ist. Und nun? Sie weicht Mohammads Blick aus.

Seine Augen sind hellbraun, heller als die von Freydoun. Seine Haut ist jedoch genauso dunkel, sie hat fast die Farbe von Oliven.

Endlich sagt er etwas: »Freydoun kommt also heute nacht zurück?« Es klingt überhaupt nicht beleidigt, stellt Farideh verwundert fest.

»Du kannst dich auf mich verlassen.« Er geht zum Fenster, zieht es ganz auf, beugt sich hinaus. »In Ordnung.«

»Was ist in Ordnung?«

»Die Nägel. Ohne Nägel ist es nicht zu schaffen.« Er schiebt den Fensterflügel in den Rahmen zurück, prüft, ob er locker genug aufliegt, damit er sich geräuschlos von außen aufstoßen läßt. Dann zieht er die Vorhänge zu. Sie vereinbaren, daß er leise an der Tür zum Zimmer der Mädchen kratzen wird, sobald Freydoun eingetroffen ist.

Drei Stunden später liegt Farideh in ihrem Bett, hält Monko im Arm und spürt Marions Füße. Marion ist am Fußende eingeschlafen.

Freydoun hat keine Uhrzeit genannt.

Farideh unterdrückt ein Gähnen. Sollte sie vielleicht Monko beiseite legen, damit er sie nicht verführt, einzuschlafen?

Wenn die Polizei Freydoun inzwischen aufgegriffen hätte, überlegt sie, wäre er sicher längst ins Heim zurückgebracht worden.

Warum hat er ihr nicht mal das Foto der Eltern dagelassen? Er hat all ihre gemeinsamen Schätze mitgenommen. Wenn sie es richtig bedenkt, hat er alles mitgenommen, was ihm wichtig ist. Er wird doch nicht vorhaben, sie allein hier zurückzulassen?

Nein, nein. Er kommt zurück. Und wenn nicht? Könnte es nicht sein, daß –?

»Nein!« sagt Farideh laut.

Marion dreht sich von einer Seite zur anderen und fragt schlaftrunken: »Was ist?«

»Nichts«, flüstert Farideh, »schlaf weiter!«

Nur sie selbst darf nicht einschlafen. Sie könnte den grünen Stein aus ihrer Schultasche holen. Als Talisman müßte er sie auch vor dem Einschlafen bewahren. Aber wenn sie aus dem Bett klettert, könnte Marion wieder aufwachen.

Vielleicht steigt Freydoun in diesem Augenblick in die Straßenbahn, fährt durch die nächtliche Stadt mit ihren bunten Neonreklamen hierher, steigt aus, läuft bis zum Heim, klettert über die Mauer, schleicht durch den dunklen Garten, weicht Büschen und Beeten aus und erreicht die Kastanie.

Sie wartet auf Mohammads Kratzen an der Tür.

Freydoun hat den Eltern nie eingestanden, daß der Freund, den er gefunden hat, Mohammad ist. Ja, und als im Mai oder so Hamid Freydoun anbot, er könne nun, wenn er es immer noch wolle, in ein anderes Zimmer ziehen, da lehnte Freydoun ab. Logisch. Farideh lächelt.

Dann muß sie eingeschlafen sein.

Sie schreckt hoch und hat einen kurzen Schmerz in der Brust, so als wäre ihre Seele tatsächlich zu rasch aus dem Paradies in den Körper zurückgekehrt.

Mohammad! Mohammad kratzt an der Tür!

Also ist Freydoun zurück!

Farideh hat es so eilig, von der oberen Etage des Bettes nach unten zu klettern, daß sie beinahe abstürzt. Marion dreht sich unruhig von einer Seite auf die andere.

Farideh läuft barfuß im Schlafanzug zur Tür. Mohammad wartet draußen. Im Flur brennt die Notbeleuchtung. Farideh kommt hinaus und schließt leise hinter sich die Tür.

Mohammad sieht müde aus. »Weißt du, wie spät es ist?«

Der Flur riecht nach verbrauchter Luft. Robert, der die Nachtwache hält, sitzt entweder vor dem Fernseher, oder er schläft wie alle anderen.

»Wie spät ist es denn?«

»Ein Uhr. Und Freydoun ist nicht aufgetaucht!«

»Bestimmt kommt er noch.«

Mohammad schüttelt den Kopf. »Wenn er bis jetzt nicht da ist, kommt er nicht mehr. Frag Marion, die sagt dir das gleiche.«

»Marion schläft.«

»Ich schlafe überhaupt nicht!« Verschlafen, zerzaust und verschwitzt steht Marion auf dem Flur. »Was sollst du mich fragen?«

Mohammad macht den Vorschlag, sich ans Ende des Flurs zurückzuziehen, damit sie miteinander reden können, ohne die anderen aufzuwecken. Zu dritt hocken sie sich auf den Fußboden und beraten. Marion gibt Mohammad recht. Freydoun ist erst vierzehn und fällt unters Jugendschutzgesetz. »Ab 23 Uhr dürfen wir nur noch in Begleitung Erwachsener draußen unterwegs sein. Deswegen such ich mir doch immer eine, die über 18 ist, als Begleitschutz.«

Farideh ist ratlos. Wie viele Stunden in der Nacht gilt dieses Gesetz? Ab wann darf ein Vierzehnjähriger wie Freydoun wieder auf die Straße? Oder in den Zug? Morgens müssen Kinder zur Schule. Manche haben einen weiten Weg. Vielleicht kann es Freydoun noch bis zum Schulbeginn schaffen?

Dann bemerkt sie Mohammads Blick. Die braunen Augen sehen sie an, als wollte er etwas sagen und traute sich nicht. Sie hat auf einmal das Gefühl, daß er auf sie zukommt und sie seine Körperwärme spürt, obwohl er dort in der Ecke unterm Flurfenster sitzt, den Rücken an die Wand gelehnt.

Weiß er mehr, als sie glaubte? Oder weiß er etwas, das sie nicht weiß? Weiß er, *warum* Freydoun nicht wie versprochen zurückkommt?

Was, wenn Freydoun etwas zugestoßen ist? Was kann ihm zustoßen in einer fremden Stadt?

Sie muß die Gedanken in ihrem Kopf ordnen! Antworten auf ihre Fragen finden. Nicht alles auf einmal und durcheinander denken!

»Es sind höchstens drei Stunden von Frankfurt nach Köln«, sagt Mohammad in ihre Gedanken hinein. »Er könnte es bis zum Schulbeginn schaffen.«

»Frankfurt?« fragte Marion überrascht. Mohammad nickt, nervös arbeiten seine Stirnmuskeln und bewegen die kurzgeschnittene Haarborste wie einen Hahnenkamm. Er schlägt die Augen nieder.

Farideh spürt, wie sie erschrickt. Sie hatte Freydoun versprochen, niemandem zu sagen, *wohin* er gefahren ist.

Aber sie hat ihn nicht verraten. Nein, *sie* hat nichts gesagt. Sie hat nur dieses Gedankenkarussell im Kopf. Sie ist ratlos. Sie hat eine Last, die immer schwerer wiegt. Was soll sie tun, wenn Freydoun überhaupt nicht mehr auftaucht? Auf einmal hat sie das Gefühl, die Welt sei voller Ungeheuer und Gefahren, viel zu kompliziert, um sich darin zurechtzufinden.

»Trampt er, oder hat er den Zug genommen?« Marions Flüsterstimme dringt von weit her zu ihr. Farideh weiß es nicht. Das hat er nicht gesagt. Sie schüttelt stumm den Kopf. Marion legt ihr den Arm um die Schultern, zieht sie an sich.

»Du zitterst«, sagt sie, »du zitterst und bist eiskalt. Soll ich eine Decke holen?«

Farideh schüttelt wieder den Kopf. Sie zittert nicht vor Kälte. Es ist warm und muffig im Flur: Schlafluft; und die Beleuchtung ist ein zwielichtiges Schlaflicht. Der graue Linoleumboden sieht trist aus, als wären sie in einem Gefängnis oder in einem Krankenhaus. Vielleicht hatte Freydoun einen Unfall? Vielleicht wartet er darauf, daß sie ihn findet?

Marion geht trotzdem auf Zehenspitzen ins Zimmer zurück und holt eine Zudecke. Die legt sie Farideh um die Schultern.

»Willst du lieber mit Mohammad allein sein?« fragt Marion. »Ich meine, Fa, vielleicht habt ihr Dinge zu besprechen, die ich nicht hören soll? Also, du kannst es ruhig sagen. Ich bin nicht beleidigt. Ehrenwort.«

Da sind wieder Mohammads Augen. Diesmal fragen sie. Farideh spürt, wie sie sich in der Wärme der Federdecke beruhigt. Das Karussell kommt zum Stillstand.

Wie gern würde sie Marion alles erzählen! Aber sie hat geschworen. Was soll sie tun? Sie könnte Marions Hilfe brauchen, und Marion ist ihre Freundin. Aber Freydoun ist der Bruder.

Farideh sieht, wie Mohammad mit der linken Hand über die Haarborste streicht. »Drei Gehirne«, sagt er, »denken besser als zwei.«

Farideh atmet erleichtert auf. Wenn Mohammad redet, muß sie ihren Schwur nicht brechen.

»Hamid hat mich heute abend in sein Büro geholt und noch einmal befragt. Er ist sehr besorgt, und er *mußte* die Polizei einschalten.«

Die Polizei! Und Farideh hatte sich so sehr gewünscht, Hamid könnte Freydoun verstehen.

»Weiß er denn, daß Freydoun in Frankfurt ist?« fragt Marion.

»Nein, er fürchtet, daß Freydoun versuchen wird, nach Teheran zu kommen.«

Farideh stößt einen leisen Überraschungsruf aus.

Mohammad nickt bestätigend und grinst sogar ein wenig.

»Was ist los?« Marion blickt von Farideh zu Mohammad.

»Tatsache ist«, erklärt Mohammad, »daß Hamid offensichtlich nicht begriffen hat, weshalb Freydoun abgehauen ist. Seit gestern nachmittag werden alle Flughäfen nach ihm abgesucht. Aber Freydoun treibt sich irgendwo in Frankfurt herum und sucht Onkel Hossein, weil Farsad behauptet, es gäbe einen Mostafa, der diesen Onkel Hossein persönlich kennt.«

»Wer ist Onkel Hossein?« Farideh hatte Marion nie etwas davon erzählt. Was gab es schon von einem verschwundenen Onkel zu erzählen, wenn sie so viele neue Dinge kennenlernen konnte? Jetzt muß sie etwas nachholen. Es fällt auch nicht unter das Schweigegebot.

Marion hört geduldig zu. Am Ende sagt sie: »Also wißt ihr, also wenn ihr mich fragt –«

»Das tun wir!« unterbricht Mohammad nicht ohne ein amüsiertes Lächeln.

»Also ich meine, eure Eltern haben euch ganz schlicht verscheißert – na ja« – Marion will ihr Urteil abmildern – »oder meinetwegen auch verarscht. Die wollten nur, daß ihr beruhigt aus Teheran abfliegt. Wahrscheinlich ist dieser Hossein nichts als ein Phantom!«

Farideh versichert, daß es den Onkel Hossein tatsächlich gibt.

Mohammad ist der Meinung: Egal, ob Phantom oder nicht, sie sollten ernsthaft überlegen, was zu tun sei. »Hamid hat mir gesagt, daß er spätestens morgen nachmittag eure Eltern anrufen muß, wenn Freydoun bis dahin nicht wieder zurück im Heim ist.«

Die Welt ist kompliziert. Aber die Ungeheuer, die haben sich unter der Decke anscheinend in Luft aufgelöst. Was für ein Glück, daß Farideh nicht allein ist. Sie nimmt das Deckbett von der Schulter und breitet es unter dem Fenster auf dem Fußboden aus. »Setzt euch«, sagt sie, »das ist zwar nicht Ali Babas Teppich, trotzdem denkt es sich darauf bestimmt bequemer als auf dem harten Linoleum.«

Marion und Mohammad stimmen zu. Aber Marion beschäftigt noch ein Problem. Sie will von Mohammad wissen, warum er Freydoun nicht begleitet hat. »Du bist doch sein Freund. Ehrlich gesagt, besonders nobel finde ich das nicht! So allein in 'ner fremden Stadt ist nicht gerade das Gelbe vom Ei!«

»Aber«, verteidigt Farideh Mohammad, »er hat doch selbst nicht gewußt, daß Freydoun abgehauen war! Ich hab ihn doch mit dem Zahnarzttermin beschwindelt.«

»Freydoun war beleidigt, weil ich ihm gesagt hatte, daß ich nicht an den heißen Tip von Farsad glaube, daß das alles Blödsinn sei. Das war vor drei Tagen. Freydoun hat den ganzen Abend nicht mehr mit mir geredet und ist am nächsten Tag einfach abgehauen.«

»Na ja, wenn das so ist.« Marion gibt sich halbwegs zufrieden.

»Aber jetzt«, sagt Mohammad, »jetzt müssen wir etwas *tun*!«

Marion schlägt vor, zu dritt nach Frankfurt zu fahren und Freydoun zu suchen.

Mohammad sagt: »Das können wir Hamid nicht antun! Gleich zu dritt verschwinden. Am besten wäre, Hamid gleich morgen früh die Wahrheit zu sagen und Freydoun von der Polizei in Frankfurt suchen zu lassen.«

»Glaubt ihr denn«, fragt Farideh, »die Polizei findet ihn wirklich? Und wenn ihm etwas zugestoßen ist? Wenn er herumirrt oder im Krankenhaus liegt?«

»Mich schnappen die Bullen immer!« Das ist Marion.

Farideh will zustimmen.

Aber dann muß sie an Ali Baba denken. Bibijun hatte es einmal erzählt. Die Geheimpolizei brach vor Sonnenaufgang die Haustür auf und holte Ali Baba. Sie sagten, er würde gesucht, und brachten ihn nie wieder zurück. Am Anfang hatte Bibijun an ein Mißverständnis geglaubt. Es gibt manchmal solche Mißverständnisse.

Nein. Sie kann das nicht zulassen.

»Ich fahre nach Frankfurt. Ich werde ihn suchen«, sagt sie.

Irgendwann sind sie auf Faridehs Zudecke im Flur eingeschlafen. Sie wachen auf, als es empfindlich kühl wird. Die Sonne geht gerade auf. Der Himmel im Flurfenster ist schon hell und wechselt allmählich seine Farbe. Das Morgengelb wird zum Sommerblau.

Mohammad läuft barfuß über den Linoleumboden ins Jungenzimmer und sieht nach. Freydoun ist nicht zurückgekehrt.

Dritter Tag

1

Eine Rückfahrkarte 2. Klasse nach Frankfurt, bitte!

Farideh sagt sich diesen Satz in Gedanken vor. Sie ist die Fünfte in der Warteschlange vor dem Fahrkartenschalter. Vor Aufregung hat sie feuchte Hände. Marion hat den Satz mit ihr eingeübt. Sie hat Farideh auch bis in den Bahnhof begleitet und ihr gezeigt, an welchem Schalter sie sich anstellen muß. Jetzt ist Farideh allein. Sie hat es nicht anders gewollt.

Sie hätte Marion gern dabeigehabt. Marion weiß, wie sie sich außerhalb des Heims durchschlagen kann. Aber dann hat Farideh sich entschlossen zu handeln, wie ihre Eltern handeln würden oder Onkel Manssur oder jedes andere Familienmitglied, auch Freydoun. Sie trägt die Verantwortung für Freydoun.

»Ich kann euch da nicht mit reinziehen«, hat sie Marion und Mohammad gesagt. »Wenn wir zu dritt oder zu zweit abhauen, werden wir alle bestraft. So trifft es nur mich. Das ist in Ordnung. Schließlich handelt es sich um eine Familienangelegenheit.«

Mohammad verstand die Entscheidung besser als Marion.

Schließlich haben sie alles Geld zusammengelegt, das sie

besaßen. Farideh hatte von dem Geld, das die Eltern geschickt hatten, fünfzig Mark aufgehoben; Mohammad hat sein Sparschwein geöffnet und neunundvierzig Mark fünfzig herausgeholt; Marion hat achtzehn Mark fünfundneunzig beigesteuert.

Die Fahrkarte kostet mit Intercityzuschlägen einhundertundacht Mark. Die Fahrtzeit beträgt zweieinviertel Stunden. Farideh hat neue Vokabeln gelernt: Intercity und Zuschlag, Bahnsteig, Fahrkartenschalter und Fahrplan.

»Und wenn alle Stricke reißen, gehst du zur Bahnhofsmission. Die Typen dort *müssen* dir weiterhelfen!« hat Marion gesagt. Diesmal wird sie die Ausrede mit dem Zahnarzt anwenden und Faridehs Fehlen in der Schule erklären. Mohammad geht heute mittag zu Hamid und erzählt die Wahrheit. Dann hat Farideh einen guten Vorsprung.

»Eine Rückfahrkarte 2. Klasse nach Frankfurt, bitte!«

Der junge Mann hinter dem Tresen will wissen, wann sie zurückkommt.

»Heute«, sagte Farideh. Der Computer druckt die Fahrkarte aus. Im letzten Augenblick fällt Farideh ein, daß sie einen Zuschlag braucht. »Und Intercity«, sagt sie hastig und verlegen.

Dann ist sie wieder draußen in der Bahnhofshalle, mitten in dem Gedränge und Geschiebe, in der Menschenmenge. Durcheinander und Lautsprecheransagen. Leute hasten an ihr vorüber, schieben sie beiseite. Das erinnert sie an den Flughafen in Teheran.

Ängstlich sucht sie Gleis 7. Was, wenn sie in den falschen Zug steigt? Sie ist noch nie in ihrem Leben mit dem Zug gefahren, obwohl es auch im Iran Züge gibt. Sie preßt Mohammads Sporttasche an sich. Er hat sie ihr für die Reise geliehen. Drei Marmeladenbrote, zwei Äpfel, Papiertaschentücher und eine Flasche kalter Kakao sind darin verstaut. Den Kakao hat Marion Frau Burger in der Küche abgeschwatzt.

Als sie den Bahnsteig gefunden hat, liest sie die Zuganzeige auf dem Gleis und vergewissert sich noch zweimal auf dem Schild am Waggon, ehe sie einsteigt. Sie merkt, wie sie ins Schwitzen gerät, als einer vom Zugpersonal sie beim Einsteigen beobachtet. Was, wenn er sie gleich wieder aus dem Zug holt?

Vielleicht hat Marions Geschichte mit dem Zahnarzt nicht geklappt. Oder: Kinder unter vierzehn dürfen nicht mit der Bahn fahren. Nein. Das hätte Marion gewußt.

Sie ist in einen Großraumwagen geraten. Er sieht vornehmer aus als McDonald's. Ob sie sich einfach auf einen Platz setzen darf? Aber wenn sie unschlüssig stehen bleibt, werden die anderen Fahrgäste auf sie aufmerksam. Sie nimmt einen Einzelsitz in der hintersten Reihe und ist froh, daß die Rückenlehne des Vordersitzes so hoch ist, daß sie sich dahinter verstecken kann.

Mohammads Sporttasche, die nun eine Reisetasche ist, hält sie auf dem Schoß fest.

Wie einfach war es doch gewesen, von Teheran nach Dubai, von Dubai nach Athen und von Athen nach Köln zu kommen! Damals hatte Freydoun die Verantwortung getragen.

»Auf Gleis 7 bitte einsteigen. Die Türen schließen selbsttätig. Vorsicht bei der Abfahrt des Zuges!« tönt es über den Lautsprecher auf dem Bahnsteig. Wenige Sekunden später rollt der Zug an.

Zuerst einmal fährt Farideh durch Köln. Sie sieht Häuser, Straßenzüge, Parks, die wuchtigen Kirchtürme, die überhaupt keine Ähnlichkeit mit den Minaretts in Teheran haben, Fabrikschlote, Tankstellen, Schrebergärten. Die Stadt ist ihr nicht mehr fremd. Sie hat sich eingewöhnt.

Frankfurt, behauptet Mohammad, sei größer und voller Hochhäuser, das wisse er aus der Zeitung und aus dem Fernsehen.

Wenn Bibijun wüßte, daß Farideh allein in diesem Zug sitzt und in eine fremde Stadt fährt, Bibijun würde die Anordnung geben, den Zug sofort anzuhalten, weil sie der Meinung wäre, allein zu verreisen sei für junge Mädchen viel zu gefährlich. Wie wird so ein Zug angehalten? Farideh lächelt zum ersten Mal, seit Marion sie in der Schalterhalle des Bahnhofs allein lassen mußte, um rechtzeitig in der Schule zu sein. Selbst eine so mächtige Frau wie Bibijun könnte einen Intercity-Zug nicht anhalten!

Der Zug zieht jetzt mit hoher Geschwindigkeit durch eine flache Landschaft. Wie schnell er fährt! Marion sagt, er schafft mehr als 180 Stundenkilometer. Behutsam lehnt sich Farideh endlich in ihrem Sitz zurück.

Wenn ich zurück bin, denkt sie, zurück in Teheran, dann werde ich Bibijun erzählen, daß es nicht notwendig ist, junge Mädchen in einer Märchenwelt leben zu lassen. Ich werde mit ihr sprechen, als wäre ich erwachsen, sozusagen von Frau zu Frau, wie Marion es mit mir tut.

Wenn sie doch schon zurück wäre!

Ohne Freydoun wird sie allerdings nie zurückkehren können.

Hatte ihr Mama nicht auf dem Teheraner Flughafen zugeflüstert, sie solle auf ihn aufpassen? Sie kennt Freydoun. Er kann genauso starrköpfig sein wie Papa.

Nun war es tatsächlich passiert! Freydoun hat seinen Kopf durchgesetzt und ist verlorengegangen.

»Nun, Kleine, kann ich mal deinen Fahrausweis sehen?«

Farideh zuckt zusammen. Sie hat den Schaffner nicht kommen sehen. Er steht neben ihr, ein komisches Metallgerät in der Hand, und wartet auf die Fahrkarte. Nervös nestelt Farideh am Reißverschluß der Reisetasche. Sie spürt, wie der Schaffner sie mustert. Endlich! Sie holt die Fahrkarte und den Zuschlag heraus und gibt ihm die beiden Karten. Er prüft sie genau, behält sie in der Hand.

»So, nach Frankfurt willst du also. Und wann geht's zurück?«

Farideh hat von einem Augenblick zum anderen das Gefühl, Deutsch nur noch zu verstehen, aber nicht mehr sprechen zu können. Die Wörter stecken im Hals fest.

Er gibt ihr die Fahrscheine immer noch nicht zurück.

»Verstehst du kein Deutsch?« fragt er.

»Doch!« Farideh krächzt, als sei sie erkältet. Immerhin hat sie eines der Wörter aus dem Hals auf die Zunge befördert. Der Bann ist gebrochen. »Ich fahre heute abend zurück«, fügt sie hinzu und ist froh, daß sie nur noch halb so stark krächzt.

»Na, so was!« Sie sieht den Schaffner verblüfft lachen, »du bist also gar keins von den Zigeunerkindern!«

Was sind Zigeunerkinder? »Ich bin Iranerin.«

»Du fährst wohl auf Besuch nach Frankfurt?«

Farideh nickt. Dann sieht sie, wie er mit dem Metallgerät beide Fahrkarten stempelt und sie ihr zurückgibt. »Da wünsch ich dir viel Spaß und eine gute Reise!«

»Danke.« Farideh antwortet höflich, wie Frau Tizian es ihr beigebracht hat. Er nickt zufrieden und wendet sich dem nächsten Fahrgast zu.

Farideh atmet flach und beinahe lautlos, bis sich der Schaffner aus dem Waggon entfernt hat. Erst dann wagt sie erleichtert aufzuatmen.

Da ist wieder das Kribbeln im Bauch! Genau so wie beim Anflug auf Köln. Aber ein Intercity ist kein Flugzeug. Sie hat keinen Druck auf den Ohren, hört nicht das Poltern des Fahrgestells. Draußen ist keine Nacht. Es ist ein schöner Sommermorgen. Der blaue Himmel spiegelt sich auf der breiten Wasserfläche des Rheins, an dem der Zug jetzt entlangfährt.

Trotzdem das Kribbeln. Wenn sie ehrlich ist, würde sie am liebsten am nächsten Bahnhof aussteigen und umkehren. Wie soll sie sich in Frankfurt zurechtfinden? Was, wenn sie Freydoun nicht antrifft?

Er hat auch Onkel Hosseins alte Telefonnummer und Adresse mitgenommen. Sie muß nachdenken. Sie weiß, wie die Straße heißt. Vielleicht kann sie die türkische Familie besuchen und nach Freydoun fragen? Aber Farsads Tip hatte nichts mit dieser Familie zu tun. Trotzdem! Sie kann sich vorstellen, daß Freydoun neugierig genug ist, nachzusehen, wo Onkel Hossein einmal gelebt hat.

Das Kribbeln will nicht aufhören! Wenn doch Marion da wäre! Es gibt in diesem Waggon auch Zweiersitze. Sie könnten nebeneinander sitzen und über irgendwas reden, auch über Freydoun. Als sie zum Beispiel diesen schrecklichen Streit mit Freydoun hatte, da wäre sie ganz sicher einfach weggelaufen, bis ans Ende der Welt, hätte sie sich nicht zu Marion flüchten können. Das Ende der Welt? Eine Kugel hat genausowenig ein Ende wie ein Kreis.

2

Wie hatte dieser Streit eigentlich begonnen? Wenn Farideh richtig darüber nachdenkt, wurden die Weichen dafür bereits im letzten Monat gestellt.

Farideh durfte probeweise am Unterricht der dritten Grundschulklasse teilnehmen.

Susanne mit den tausend Sommersprossen auf der weißen Haut und den wunderschönen Haaren schloß sie vor Freude in die Arme: »Farideh! Daß du das so schnell geschafft hast! Wie schön für dich! Weißt du, ich freue mich ganz schrecklich darüber. Schließlich bist du ja so was wie eine Tochter für mich!«

Susanne roch gut, ein ganz klein wenig nach Zimt. Hamid war ebenfalls stolz auf sie. Und Farideh hatte mitbekommen, wie Frau Tizian zu Hamid sagte: »Wissen Sie, Herr Danesch, es ist eine wahre Freude, Ihre Kinder aus dem Iran zu unterrichten. Sie sind von einer rasenden Intelligenz. Wie schnell sie die Sprache lernen und die veränderten Bedingungen begreifen, das schafft kein Kind aus einem anderen Land!«

Freydoun umarmte sie nicht. »Schade, daß sich Freydoun so abschließt«, sagte sie nur, »der Junge ist nicht weniger klug als seine Schwester.«

Später, beim Mittagessen, fragte Susanne ihn: »Freust du dich denn gar nicht mit Farideh?« Es gab endlich einmal wieder Reis mit Hühnerfrikassee.

»Aber ich freue mich doch!« antwortete Freydoun patzig und begann auf seinem Teller im Essen herumzustochern.

Marion bot Farideh zur Feier des Tages den schwarzen Lippenstift zur Mitbenutzung an. Mariam schenkte ihr einen Mickymaus-Radiergummi und verbarg ihre Enttäuschung darüber, daß Farideh in die gleiche Klasse wie sie eingestuft worden war.

Farideh hörte, wie sie auf dem Weg zum Gemeinschaftsraum zu Freydoun in Farsi sagte: »Wahrscheinlich wird sie von Frau Tizian falsch eingeschätzt. Es gibt eine herbe Enttäuschung, wenn sie in die zweite Klasse zurück muß.«

Es war auffällig, wie häufig sich Mariam in der letzten Zeit an Freydoun heranmachte. Sie sprach Farsi mit ihm. Das hörte er gern. Einmal hatte sich Mariam zum Abendessen sogar auf Mohammads Stuhl neben Freydoun gesetzt, aber Mohammad hat sie unerbittlich vertrieben. Oder sie stand unten im Freizeitraum, wenn die beiden kickerten, behauptete, sie könne Schach spielen. Freydoun hatte allerdings keine Lust. Er spielte lieber mit Mohammad.

An diesem Nachmittag beobachtete Farideh, wie Mariam Freydoun tief in die Augen blickte und fragte: »Darf ich meine Hausaufgaben an deinem Tisch machen?«

Freydoun zog seine Stirn in die dicken Falten, die er macht, wenn er mit einer Situation nicht fertig wird. Schließlich zuckte er die Schultern: »Wenn du unbedingt willst.«

Mariam wirkte hektisch, als sie ihre Sachen auf seinen Tisch packte. Freydoun sah nicht sehr glücklich aus.

Marion kicherte. »Siehst du, was ich sehe?«

»Was siehst *du* denn?«

»Mariam ist verliebt!«

»In Freydoun?«

»Aber es ist eine hoffnungslose Liebe. Er macht sich nichts aus ihr.« Marion senkte die Stimme und fuhr in dramatischem Tonfall fort: »Wenn das nur nicht in einer Tragödie endet!«

»In einer was?«

Marion wiederholte das Wort Tragödie ziemlich laut und dehnte es Silbe für Silbe in die Länge. Gleichzeitig führte sie mit der rechten Hand die Geste des Halsabschneidens aus, grinste und sagte: »Wie in Tausendundeiner Nacht: Der Sultan läßt sie köpfen!«

Farideh lachte. Mariam wurde rot, und Freydoun setzte ein trotziges Gesicht auf.

Es war Dienstag. Gegen vier Uhr verständigten sich Freydoun und Mohammad mit einem Blick von Tisch zu Tisch, klappten Bücher und Hefte zu und verstauten ihre Sachen in den Schultaschen.

Mariam blickte enttäuscht zu Freydoun hoch, als er aufstand. »Wohin gehst du?«

»Mit Mohammad. Wir haben noch was zu erledigen.«

»Klassischer Fall von Abblitzenlassen!« flüsterte Marion.

Farideh versuchte, eine tragisch-komische Grimasse zu ziehen wie Marion, aber sie merkte selbst, daß Marion ihr darin haushoch überlegen war.

Eine halbe Stunde später mußte Marion zur Englisch-Nachhilfe. Sie geht in die fünfte Klasse. Zweimal hintereinander hat sie katastrophale Klassenarbeiten abgeliefert, obwohl Farideh ihr für die zweite Arbeit den grünen Stein geliehen hatte.

Eigentlich hatte Farideh vor, gegen fünf in Hamids Büro vorbeizugehen und nach den Grünpflanzen, vor allem dem Kaktus, zu sehen. Er mußte heute oder morgen anfangen zu blühen.

Aber dann überlegte sie es sich anders. Sie wußte, Mohammad und Freydoun würden sich in einer halben Stunde die Bäuche mit persischem oder arabischem Essen füllen. Es hatte zwar Reis mit Frikassee gegeben, und Frau Burger war bestimmt die beste Heimköchin der Welt, doch gegen

Faridehs Sehnsucht hatte sie keine Chance. Also machte sich Farideh auf den Weg.

Inzwischen wußte sie, daß es möglich war, durch die Eingangstür des Hauses, in dem sich das Restaurant befand, in den Hinterhof und von dort in Farsads Küche zu kommen.

Farsad stand am Herd und wärmte das Essen auf. Freydoun und Mohammad saßen wie zwei Paschas am Resopaltisch, vor ihnen das frisch aufgelegte Gedeck. Freydoun prahlte gerade mit Mohammads Vokabelhilfe. Er hätte mit Farsad auch Farsi sprechen können. Er tat es Mohammad zuliebe nicht.

»Entweder Maschinenbauingenieur oder Chirurg«, sagte Freydoun, »ich muß mich noch entscheiden. Beides bringt viel Geld. Und beides wird im Iran gebraucht. Vielleicht sollte ich beides studieren?«

Farsad rührte in einem Topf, der nach Curry roch, und nickte: »Beides hat auch eine gewisse Ähnlichkeit. Der einzige Unterschied: Einmal hast du es mit Menschen zu tun und einmal mit Maschinen.«

»Hallo!« Farideh machte sich an der Hintertür bemerkbar. »Ich hoffe, ich kriege auch etwas ab? Was gibt's denn?«

»Tasskabab.«

»Was machst du denn hier?« Freydoun starrte sie beinahe wütend an.

»Ist es verboten, dienstags zu Farsad zu kommen?«

Farsad warf Freydoun einen Blick zu, der bedeuten konnte: Nun ist sie mal da. Laß uns das Beste draus machen. Laut sagte er: »Natürlich nicht.«

Mohammad sah sie an und signalisierte mit den Augen: Vorsicht! Explosiv!

Farideh holte sich einen Teller und Besteck und setzte sich an den Tisch. Sie hatte das untrügliche Gefühl, zur falschen Zeit gekommen zu sein. Wenn Papa schlechte Laune hatte, setzte Mama ihre Lächelmiene auf und fing an, über alles mögliche zu reden.

Also begann Farideh erst einmal mit dem Wetter und ging dann zu Marions Englisch-Nachhilfe über. Marion war ein Thema, das Freydoun interessierte. Er fragte nach, bestand darauf, daß es nicht Marions Schuld sei, schlechte Noten zu schreiben. Wahrscheinlich sei die Lehrerin ekelhaft. Und überhaupt sei Englisch eine überaus schwierige Sprache.

Farsad verteilte das Essen.

»Wahrscheinlich ist Marions Lehrerin genauso eine –« Freydoun stockte und suchte nach der richtigen Bezeichnung.

»Meinst du: Schreckschraube?« erkundigte sich Mohammad, sah Farideh an und signalisierte immer noch: Vorsicht!

»– genauso eine Schreckschraube«, sagte Freydoun, »wie Frau Tizian.«

Mohammads Blick hielt Farideh zurück. Frau Tizian ist keine Schreckschraube, dachte sie empört.

Farsad setzte sich zu ihnen an den Tisch und fragte, ob es ihnen schmecke. Alle drei nickten und löffelten eifrig das Reste-Tasskabab in sich hinein. Farideh fand, es schmeckte ein bißchen zu sehr nach Curry.

»Weißt du«, sagte Farsad zu Freydoun, »das Waisenhaus ist nicht die richtige Umgebung für dich. Wenn du Ingenieur oder Arzt werden willst, brauchst du eine qualifizierte Ausbildung. Die kann dir das Jugendamt nie geben.«

»Eben!« Freydoun antwortete mit vollem Mund. Er schob den Gemüseauflauf mit Rindfleischstreifen gierig in sich hinein, so, als bekäme er im Heim nicht genügend zu essen.

»Ich sage ja: Bei Onkel Hossein wäre das alles anders! Er würde mich auf die beste Schule in Frankfurt schicken, nicht in eine Förderklasse. Und später brächte er mich auf die Universität. Und für Farideh würde Bibijun in der Zwischenzeit den richtigen Mann aussuchen, den sie heiraten kann, wenn wie will.«

Farideh blieb ein Stück zerkochte Karotte im Hals stecken. Wozu brauchte sie einen Mann zum Heiraten?

Farsad nickte. »Genauso wäre es, Freydoun! Du bist in der falschen Schule und am falschen Ort. Aber du weißt ja, daß ich mich wegen deinem Onkel umhöre! Ich glaube, ich bin da einer Sache auf der Spur.«

Auf dem Heimweg sagte Farideh: »Irgend etwas gefällt mir nicht an Farsad.« Und dann fügte sie hinzu: »Ich mag ihn nicht. Ich finde, er redet Quatsch. Die Förderklasse ist gut, weil wir Deutsch lernen. Und von der Grundschule kann ich aufs Gymnasium gehen, wenn ich lerne. Und wenn ich Ärztin werden will, hängt das von den Noten ab und nicht von der Schule.«

In der Straßenbahn redeten sie überhaupt nicht miteinander. Die Bahn war voll, und Freydoun vermied es, Farideh anzusehen, während sie im Gedränge hin und her geschoben wurden.

Er schwieg zwei Stunden. Schweigend verdrückte er beim Abendessen drei Scheiben Brot, zwei Äpfel und einen Teller Salat. Farideh fragte sich, wie groß sein Magen sei.

Nach dem Abendessen spielte er Schach mit Mohammad.

Farideh probierte mit Marions Hilfe den schwarzen Lippenstift aus. Sie hatte sich noch nie die Lippen bemalt.

Unerwartet stand Freydoun unter der Badezimmertür. Er

wurde rot, als Marion sich zu ihm umdrehte. Farideh fand die schwarzen Lippen furchterregend und versuchte, sie abzuwaschen.

Freydoun sprach Farsi. »Ich will mit dir reden!«

»Er will mit mir reden«, übersetzte Farideh für Marion. Freydoun bemühte sich, an Marion vorbeizusehen. Er war blaß. Das hätte Farideh warnen müssen, wie zuvor Mohammads Blicke.

Sie setzten sich in den leeren Gemeinschaftsraum. Farideh wäre lieber mit Freydoun in den Garten gegangen, aber um diese Zeit dürfen sie das Gebäude nicht mehr verlassen.

»Du magst Farsad nicht?« begann Freydoun.

»Er macht mir angst«, sagte Farideh.

Sie sah, wie Freydoun die Finger ineinander verschränkte und preßte, bis die Knöchel weiß wurden.

»Warum spionierst du mir nach?«

Sie hatte nicht spioniert. Sie wollte es ihm erklären. Freydoun strengte sich merklich an, sie nicht anzuschreien.

»Doch, du spionierst mir nach! Du denkst, alles wäre gut, solange wie hier im Heim sind und tun, was sie von uns verlangen. Du denkst gar nicht mehr an Onkel Hossein!«

Natürlich dachte sie manchmal an Onkel Hossein. Aber das geschah zufällig. Als er aus dem Iran wegging, war sie erst drei Jahre alt gewesen. Sie weiß gar nicht, wie er aussieht.

»Ich habe mit Papa telefoniert!«

»Wann?« Farideh spürte einen Stich in der Herzgegend. Warum hatte er mit Papa telefoniert, ohne ihr etwas davon zu sagen? Und warum hatte Papa nicht nach ihr verlangt?

»Vor zwei Tagen. Mir ist nämlich eingefallen, was Onkel Hossein damals gesagt hat. Er sagte zu Papa: ›Ich versuche, politisches Asyl in der Bundesrepublik zu bekommen. Ich

111

habe keine Chance, im Iran zu überleben. Wenn sie mich schnappen, werde ich gefoltert und hingerichtet.‹«

Wie hatte Freydoun das alles so genau behalten können? Er war damals erst fünf Jahre alt gewesen.

»Papa hat es mir bestätigt. Und jetzt hör gut zu, Farideh, er hat gesagt, Hossein habe kein politisches Asyl bekommen! Er ist einfach verschwunden! Möglicherweise ist er untergetaucht. Und dazu brauche ich Farsad. Farsad kennt sich aus. Er sagt, es sei Männersache. Er will nicht, daß du uns nachspionierst!«

Farideh fühlte sich wie betäubt. Sie nickte nur und spürte, daß Freydoun kurz vor einem Wutausbruch stand.

»Ich brauche Farsad. Ich will Onkel Hossein finden. Und ich will Arzt werden oder Ingenieur!« Freydoun begann lauter zu werden. »Ich lasse nicht zu, daß du hinter mir herspionierst, meine Pläne kaputtmachst und Farsad verärgerst. Verstehst du mich? Du kannst dich entscheiden: Entweder du liebst das Heim und Frau Tizian und alles, was damit zusammenhängt« – jetzt brüllte Freydoun –, »dann haben wir beide nichts mehr miteinander zu tun. Oder du stehst auf meiner Seite, dann richtest du dich nach mir. Eine andere Möglichkeit gibt es nicht.«

Farideh spürte den Kloß im Hals. Diesmal hatte sie keine Möglichkeit, ihn hinunterzuschlucken.

»Ich bin deine Schwester!« schrie sie und weinte gleichzeitig, »du kannst mich nicht einfach beiseite schieben und im Stich lassen!«

»Was ich will, kann ich auch!« schrie Freydoun. Er sprang vom Stuhl auf. Er wußte nicht mehr, was er tat. Farideh wich zurück. Er wollte sie schlagen.

»Du hast zu tun, was *ich* dir sage!« schrie er. Seine Stimme überschlug sich.

Farideh flüchtete vor seinen Schlägen. Sie rannte aus dem Gemeinschaftsraum. Tränen stürzten ihr aus den Augen. Fast blind rannte sie den Flur entlang, rannte die Treppe hinunter, rannte, wußte nicht wohin, dachte: ans Ende der Welt!

Auf einmal stand Marion vor ihr, schlang die Arme um Faridehs Hüften. »Himmelarschundzwirn!« brüllte Marion, »willst du in die Klapsmühle, oder was?«

3

Wenn sie sich morgens beim Frühstück begegneten, tat Freydoun, als sähe er Farideh nicht. Das gleiche mittags. Das gleiche abends. Mohammads schuldbewußte Miene machte die Sache nicht besser.

Es half auch nichts, daß Marion Farideh ins wilde Liebesleben der Erzieherin Ulla einweihte, damit Farideh eine weitere Lektion fürs Leben lernte und sich nicht wegen eines bockigen Bruders den Kopf zerbrach.

Tatsache war, daß Ulla sich auf einmal abends schminkte, ehe sie das Heim verließ und die Nachtwache an Robert abgab. Das riß Marion zu gewagten Vermutungen hin.

»Also, Fa, wenn du mich fragst, dann hat sie entweder einen Macker aus der Unterwelt aufgerissen oder einen König, so wie diese Sylvia aus Schweden – obwohl sie eigentlich zu alt ist, um überhaupt noch einen Mann abzukriegen!«

Marion hatte sich sachkundig gemacht und Susanne nach Ullas Alter gefragt. »Nicht viel älter als ich, fünfunddreißig«, hatte Susanne geantwortet.

»Fünfunddreißig ist fast schon reif für die Rente!« war Marions Kommentar.

Aber Farideh ließ sich nicht mitreißen. Freydouns Schweigen machte ihr diesmal angst. Er schwieg nur ihr gegenüber. Mit den anderen redete er, was man eben so redet, wenn der Tag lang ist.

Was erwartete er von ihr? Sie hatte ihm nicht nachspioniert, und sie konnte nichts dafür, daß ihr der Gedanke an Farsad unangenehm war. Sollte sie lügen, damit Freydoun zufrieden war?

Vielleicht mußte sie es tun, damit er sie nicht im Stich ließ? Nein, das konnte sie sich nicht vorstellen.

Traurig und ängstlich schlief sie ein, und genauso wachte sie am nächsten Morgen auf. Freydoun übersah sie wieder am Frühstückstisch, was Faridehs Stimmung endgültig auf den Nullpunkt sinken ließ. Mit gedrückten Gefühlen ging sie in die Schule und nach dem Mittagessen zu Hamid ins Büro, Blumen gießen. Sie hoffte, Hamid würde ihr einen Rat geben.

Der Kaktus war übersät mit kleinen, gelblichen Blüten. »Freydoun spricht nicht mehr mit mir«, sagte Farideh. Hamid war damit beschäftigt, ein Formular auszufüllen. »Freydoun hat noch nie viel geredet«, sagte er, ohne aufzusehen.

»Er hat auf einmal Geheimnisse.«

»Geheimnisse?« Hamid blickte sie einen Moment lang an. Täuschte sie sich, oder war da ein kleines, amüsiertes Lächeln in seinen dunklen Augen?

»Er sagt, das sei Männersache.«

Hamid schrieb etwas in das Formular. »Das klingt ja, als wärst du eifersüchtig, Farideh?«

»Nicht eifersüchtig.« Wenn einer sie verstehen würde,

dann Hamid. Hamid mußte verstehen, was Marion gar nicht verstehen kann, weil sie nie einen Bruder und eine Familie gehabt hat.

»Es ist anders«, erklärte Farideh und bemühte sich, ganz ruhig verwelkte Halme aus der großen Graslilie zu zupfen. »Es ist doch so, daß Freydoun und ich zusammengehören wie in einer –«, sie suchte das Wort, das sie im Biologieunterricht gelernt hatte und nur auf Deutsch kennt, » – wie in einer Symbiose, wo einer den anderen braucht, um zu überleben. Bei Pflanzen und Tieren gibt es das auch! Und nun tut Freydoun plötzlich so, als brauchte er mich nicht mehr. Als wäre ich überflüssig!«

Hamid hatte aufgehört, das Formular auszufüllen. Aufmerksam drehte er sich zu Farideh um, und nun war wirklich kein amüsiertes Lächeln mehr in seinen Augen zu entdecken. Sie wußte, daß er sie ernst nahm.

»Aber Farideh!« sagte er, »du weißt ganz genau, daß du nicht überflüssig bist. Das scheint dir nur so. Weißt du, es gibt eine Zeit, da wollen Jungen lieber unter sich sein –«

Farideh riß aus Versehen einen gesunden Halm aus. Jungen! Es ist Farsad. Aber über Farsad durfte sie nichts sagen, das war so ausgemacht. Die Heimleitung hätte ihnen die Dienstagsausflüge verbieten können.

»Weißt du, das ist die Zeit, in der Jungen meinen, sie wären schon erwachsen, obwohl sie erst *nach* dieser Zeit tatsächlich anfangen, erwachsen zu werden. Wir im Iran reden nicht viel darüber, schon gar nicht mit kleinen Schwestern von großen Brüdern. Aber hier ist es ganz üblich, darüber zu sprechen. Weißt du, es ist die Pubertät. Freydoun steckt in der Pubertät. In spätestens einem Jahr oder so wird er sich zum ersten Mal in ein Mädchen verlieben. Das gehört genauso zur Pubertät wie die Tatsache, daß er jetzt mit Mohammad angeblich Männergeheimnisse hat. Du mußt nur Geduld haben und abwarten. Er wird schon wieder normal. Ich bin ja so froh, daß er es inzwischen wenigstens aufgegeben hat, weiter auf Onkel Hossein zu hoffen.«

Schade, dachte Farideh, Hamid kann mir keinen Rat geben. Sie hatte auf ihn gezählt. Aber so wie die Dinge lagen, hätte sie ihm alles erzählen müssen, und das war nicht möglich.

Sie nickte und wandte sich den Blumen zu.

Die eigentliche Katastrophe ereignete sich dann am späten Nachmittag.

Farideh hatte sich von Mariam überreden lassen, mit ihr, Cyrus und dem kleinen Tobias einen Ausflug zum Spielplatz zu unternehmen. Marion schloß sich ihnen wegen der Lieblingsschaukel an. Mohammad und Freydoun waren irgendwo unterwegs, und Yvonne und Thorsten zogen es vor, im Sandkasten des Heims gemeinsam an einer Monsterburg zu bauen. Seit Thorsten einmal die Woche Boxunterricht im Sportverein hatte, war er umgänglicher geworden und fing an, sich für Yvonnes Monster zu interessieren.

Als sie gegen halb sechs zum Heim zurückkamen, parkte ein Polizeiwagen vor dem Gebäude. Farideh wurde sofort in Hamids Büro geschickt.

Die Polizei hatte Mohammad und Freydoun in einer Spielhalle aufgegriffen. Mohammad beim Flippern und Freydoun an einem Geldspielautomaten. Der Spielhallenaufsicht hatten die beiden gesagt, daß sie achtzehn seien.

Mohammad versuchte, Hamid die Sache zu erklären. Er wirkte schuldbewußt und kläglich. Ihnen sei langweilig gewesen, und dann sei es doch so, daß wirklich nicht jeder, der an den Automaten spielt, tatsächlich schon achtzehn ist.

Manche sähen nur so aus, und andere, die jünger wirkten, seien manchmal schon zwanzig. Bisher sei auch nie etwas passiert, wenn er zum Flippern war. Und Freydoun wollte unbedingt auch mal rein, weil er so was noch nie von innen gesehen habe. Aber gelogen habe nur er, nicht Freydoun. Freydoun hätte nicht gesagt, daß sie schon achtzehn wären. Mohammad log, und Freydoun ließ es zu.

Als Hamid ihn fragte, schüttelte er nur den Kopf. Farideh sah, wie er wieder einmal versuchte dichtzumachen. Diesmal gelang es nicht. Freydoun sah aus, als sei er zutiefst erschreckt.

Hamid verbot ihnen, noch ein einziges Mal eine Spielhalle zu betreten, und verhängte drei Tage Hausarrest.

Als er Farideh fragte, ob sie von diesen Ausflügen gewußt habe, konnte sie guten Gewissens verneinen.

Zum Abendessen erschien nur Mohammad.

»Wo ist Freydoun?« fragte Ulla streng. Sie vertrat an diesem Abend Susanne und war bereits über den Vorfall informiert. Die Stimmung am Tisch war gedrückt. Farideh hatte Marion und Mariam erzählen müssen, warum sie in Hamids Büro geholt worden war.

»Er liegt auf seinem Bett«, sagte Mohammad und sah unglücklich aus.

»Dann geh und hol ihn!« ordnete Ulla an, »auch Freydoun muß lernen, sich an die Regeln zu halten.«

Mohammads Haarborste bewegte sich. »Es hat keinen Sinn«, sagte er nervös. Ulla hob die Augenbraue des rechten Auges, ein Zeichen, daß sie böse wurde.

»Es hat keinen Sinn«, versicherte Mohammad und arbeitete noch nervöser mit den Stirnmuskeln, »er liegt stumm da, starrt vor sich hin und ist überhaupt nicht ansprechbar.«

»So ein Unsinn!« Ulla wandte sich an Farideh: »Dann hol du ihn. Sag ihm, daß es eine Anordnung von mir ist.«

Farideh blickte Mohammad an. Der zuckte nur hilflos die Schultern.

So hatte Freydoun schon einmal auf seinem Bett gelegen, die Arme unterm Kopf verschränkt, die Augen starr nach oben gegen die Matratze gerichtet.

Farideh setzte sich auf die Bettkante. »Freydoun«, bat sie, »sei wieder gut! Ich komme auch bestimmt nicht noch einmal zu Farsad, ohne dir vorher etwas davon zu sagen!«

Freydoun tat, als hörte er sie nicht.

»Freydoun! Du *mußt* zu Tisch kommen, sonst machst du alles nur noch schlimmer!« Er rührte sich nicht. Farideh überlegte, wie sie ihn ein ganz klein wenig aufheitern könnte.

»Hör mal, Freydoun, die Schreckschraube meint es wirklich ernst. Tu ihr doch den Gefallen!«

Schreckschraube hatte sie auf Deutsch gesagt. Freydoun grinste zwar nicht, nahm aber die Arme aus dem Nacken, langsam, als machte es ihm Mühe, sich überhaupt zu bewegen, stand auf und kam hinter Farideh in den Speisesaal.

Er setzte sich auf seinen Stuhl neben Mohammad, legte die Hände in den Schoß, als säße er wieder in seiner Klasse in Teheran, blickte starr geradeaus und tat so, als ginge ihn nichts auf der Welt etwas an. Ulla hob noch einmal die Augenbraue, überlegte es sich aber und sagte nichts.

Wenn Farideh jetzt darüber nachdenkt, während der Intercity durch Tunnels an Felswänden entlang und durch Ortschaften rast, dann ist sie froh, daß es an dem Abend so gekommen ist, wie es kam. Sie hat darüber weder mit Marion noch mit Mohammad gesprochen. Es ging nur sie und Freydoun etwas an und war das Wichtigste, was in dem halben Jahr seit ihrer Ankunft geschehen war.

Sie weiß nicht mehr genau wann, aber es muß wohl so gegen halb acht gewesen sein, eine Stunde vor der Bettzeit, als Mohammad sie mit der Botschaft, Freydoun wolle sie unbedingt sprechen, in den Heizungskeller schickte.

Freydoun saß auf Ali Babas Teppich. Durchs Kellerfenster fiel das Abendlicht. Im Heizungskeller roch es muffig wie immer. Es war still. Der Heizungskessel läuft im Sommer nicht.

Freydoun hatte die Fotos bei sich. »Setz dich zu mir«, sagte er.

Er saß mit gekreuzten Beinen auf dem vorderen Teil des Teppichs und forderte Farideh auf, sich hinter ihn zu setzen. »Du kannst die Arme um meinen Bauch legen und zum Betrachten der Bilder über meine Schulter gucken.«

»Warum kann ich mich nicht gegenübersetzen?«

»Erstens: Ich will die Fotos mit dir gemeinsam betrachten, und wenn du gegenübersitzt, sehe ich die Bilder verkehrtherum. Und zweitens –«, er zögerte, schluckte, »und zweitens könnte es ja sein, daß Bibijun doch recht hat; daß uns der Teppich hilft, wenn wir in Not sind; daß er auf einmal abhebt und mit uns davonfliegt und uns zu Onkel Hossein bringt oder –«, er zögerte noch einmal »oder sogar nach Hause.«

Freydoun schluckte heftig, seine Stimme klang, als würde er gleich anfangen zu weinen.

Farideh fühlte sich beklommen und hilflos. Sie setzte sich hinter Freydoun, wie er es sich wünschte. »*Wenn* er losfliegt«, sagte sie, »ist es auf jeden Fall besser, ich kann mich an dir festhalten, damit ich unterwegs nicht verlorengehe.« So hatte sie es sich vorgestellt, als sie im Landeanflug auf

Köln waren. Aber sie hatte längst aufgehört, auf ein Wunder zu warten. Sie wußte, daß das Ding nicht abheben würde. Aber sie sagte es nicht.

Sie wollte die Fotos mit Freydoun gemeinsam betrachten und hoffte, er würde sich beruhigen. Wahrscheinlich hatte er schreckliche Angst, daß Hamid seine Drohung wahrmachen könnte, die Eltern anzurufen und zu erzählen, daß Freydoun von der Polizei aufgegriffen worden war.

Sie wartete darauf, daß Freydoun die Fotos in die Hand nahm. Und dann sagte Freydoun mit einer Stimme, als wäre er erkältet: »Ich glaube, ich hau ab. Ich will nach Hause! Ich schaff's einfach nicht!«

Farideh hielt die Luft an. Freydoun mußte sehr unglücklich sein. Sie schmiegte den Kopf an seine linke Schulter.

»Was schaffst du nicht?«

Freydoun schwieg, und sie fürchtete schon, er würde wieder verstummen, als er leise sagte: »Ich weiß selbst, daß der Teppich nicht fliegt! Ich dachte nur, es wäre so schön, sich das wenigstens vorzustellen! Ich habe vorhin allein hier gesessen und die Augen zugemacht, und ich sah beim Anflug auf Teheran das Elburs-Gebirge und den Demawend.«

Und dann weinte er. Sie saß hinter ihm und spürte, wie er vergeblich versuchte, das Weinen aufzuhalten; es schüttelte ihn und war so mächtig, daß es sich nicht mehr unterdrücken ließ. Er hatte kein einziges Mal geweint, seit er zehn Jahre alt geworden war.

Farideh saß wie versteinert im Schneidersitz hinter ihm, die Arme um seinen Bauch, den Kopf an seine Schulter gelehnt, und wagte nicht, sich auch nur einen Millimeter zu bewegen. Sie hatte ihn nie trösten dürfen. Was sollte sie tun?

»Freydoun«, sagte sie, »Freydoun, sei nicht so traurig. Es ist nur das blöde Heimweh. Wenn du willst, leihe ich dir Monko, wir könnten uns abwechseln. Eine Nacht bekommst du ihn, eine Nacht ich.«

Freydoun schniefte, schluckte und bemühte sich, nicht mehr zu schluchzen. Er schüttelte den Kopf, räusperte sich, schluckte noch einmal. »Nein. Nicht nur Heimweh. Es ist schlimmer.«

»Schlimmer?«

»Es ist die Angst«, sagte Freydoun so leise, daß sie ihn kaum verstand. »Ich habe jeden Tag Angst. Angst vor der Schule, Angst, Fehler zu machen, Angst davor, immer hierbleiben zu müssen, Angst, Onkel Hossein nicht zu finden, Angst, den Eltern Schande zu machen, Angst, nach Teheran zurückzukehren, weil ich Angst vor dem Krieg habe.« Er sprach immer schneller und schneller, wie ein Fahrzeug, das beschleunigt. »Ich habe Angst vor der Angst und Angst vor meiner eigenen Feigheit!«

»Du bist nicht feige!«

»Wer Angst hat, ist ein Feigling!«

Jetzt weinte er wenigstens nicht mehr. Als sie ihm ihr Taschentuch über die Schulter reichte, sagte er »danke« und wischte sich die Tränen ab.

4

Wo Freydoun jetzt wohl ist?

Sicher nicht mehr an dem Platz, wo er gestern nacht geschlafen hat. Marion hatte gesagt, die Schrebergärten lägen an den Bahngleisen. Sie wird bei der Einfahrt in Frankfurt darauf achten, wo es solche Gärten gibt. Für alle Fälle. Wenn Freydoun nicht auf dem Bahnhof übernachtet hat, sitzt er vielleicht in einem Garten und grübelt.

Mohammads Sporttasche hat Farideh vor sich auf den Boden gestellt. Sie hat den Prospekt entdeckt, der »Ihr Zugbegleiter« heißt. Darin stehen die Stationen, an denen der Zug hält. Koblenz liegt hinter ihr. Der Rhein ist nicht mehr zu sehen. Der Intercity zieht an Apfelbäumen vorbei.

Farideh verspürt Hunger. Jetzt müßte es im Heim zur ersten Pause klingeln. Sie stellt sich Marion vor. Marion, die sich heute weder die Fingernägel lackiert noch den Mund schwarz angemalt hat. Alles, damit Frau Tizian sie ernst nimmt, wenn sie Farideh entschuldigt.

Vor ihrer Abreise hatten sie über die Art der Entschuldigung gesprochen. Marion hatte eine plötzliche Zahnwurzelbehandlung vorgeschlagen, es sich dann aber doch anders überlegt: »Zahnwurzelbehandlungen werden nicht über Nacht nötig. Wie wäre es mit einer verschluckten Plombe?«

»Aber ich habe keine Plomben«, hatte Farideh geantwortet.

»Macht nichts. Wenn ich eine nichtverschluckte als verschluckte ausgebe, ist das nur halb gelogen, ich lasse ja nur die Vorsilbe weg.«

Farideh öffnet Mohammads Tasche und packt ein Marmeladenbrot aus. Was für ein seltsames Gefühl das ist, in einem schnell dahinrollenden Zug zu sitzen, während eigentlich Pause sein müßte! Das Marmeladenbrot schmeckt auch anders als auf dem Pausenhof.

Der Zugschaffner ist inzwischen schon zweimal an ihr vorbeigegangen, ohne irgendwelchen Ärger zu machen. Er hat ihr sogar freundlich zugenickt.

Draußen fliegt eine Fabrik für Lacke und Farben vorbei. Es gibt keine Apfelbäume mehr.

Um ein Uhr hat Mohammad Schule aus. Eine Viertelstunde später will er Hamid sagen, daß Farideh unterwegs ist, um Freydoun zu suchen und zurückzubringen.

Hamid wird das verstehen.

»Hamid schon, aber nicht der Direktor«, hat Mohammad zu bedenken gegeben. »Wenn er keine ernsthaften Schwierigkeiten riskieren will, hat er keine andere Wahl, als die Polizei zu verständigen.«

Wenn sie allerdings Freydoun sofort finden und mit ihm eine Stunde später in den Zug nach Köln steigen würde, ja, dann könnten sie es schaffen, kurz vor zwei Uhr im Heim zu sein. Dann würde Hamid nicht die Eltern anrufen, und vielleicht hätte der Direktor noch gar nichts von ihrer Abwesenheit erfahren.

Farideh trinkt einen Schluck Kakao, verschließt die Flasche sorgfältig, verstaut sie in der Tasche, zieht den Reißverschluß zu.

Vielleicht ist Hamid auch gar nicht in seinem Büro, wenn Mohammad aus der Schule kommt?

Vor drei Tagen hatte Farideh Hamid im Garten angetroffen. Sie kam aus der Schule und sah ihn dort mit einem Spaten in der Erde graben. Obwohl er die Pflanzen auf seinem Fensterbrett nur unregelmäßig gießt, liebt er Pflanzen, vor allem Gärten. »Wußtest du, Farideh«, hatte er sie einmal gefragt, »daß wir Perser einmal für unsere Gartenbaukunst berühmt waren?«

Als er im Garten grub, hatte sie ihn nur von hinten gesehen. Sie erschrak, als sie ihn betrachtete: schmal und den Rücken rund über den Spaten gebeugt. »Onkel Manssur!« wollte sie atemlos rufen und rennen, fliegen, ihn umarmen.

Dann begriff sie. Wie hätte auch Onkel Manssur von einem Tag auf den anderen nach Köln kommen sollen? Sie warf die Schultasche im Flur ab und lief zu Hamid. Er pflanzte einen Rosenstock ein.

Am Abend desselben Tages kratzte Freydoun nach neun Uhr an der Tür zum Zimmer der Mädchen. Yvonne verwandelte Freydouns Kratzen in das eines feuerroten Monsters, das Appetit auf junge Mädchen hat. Marion öffnete die Tür einen Spalt, sah Freydoun und fragte mit einer Stimme, als käme sie geradewegs aus dem Grab: »Sag, Monster, willst du Farideh fressen?«

»Quatsch!« antwortete Freydoun, und selbst Farideh mußte kichern. Ulla hatte sich längst Make-up aufgelegt und verabschiedet. Robert saß vor dem Fernseher. Freydoun und Farideh hockten sich unter das Fenster am Ende des Flurs, und Freydoun ließ Farideh bei der Familienehre schwören, daß sie nichts von dem, was er ihr nun sagen werde, an irgend jemanden verraten würde.

Und dann fragte er schließlich: »Kommst du mit, oder bleibst du hier?«

Sie wird in Frankfurt dieses Lokal finden müssen, in das Farsad Freydoun geschickt hat. Es ist in der Nähe des Bahnhofs. Freydoun hat ihr Farsads Wegbeschreibung geschildert: über den Bahnhofsvorplatz und dann in Laufrichtung die erste Straße rechts bis zur Moselstraße. Dort sollte er nach einem Mostafa fragen.

Der Zug fährt in Mainz ein. Es ist ein kleiner, staubiger Bahnhof. Von Mainz sind es noch zwanzig Minuten bis zum Bahnhof im Frankfurter Flughafen und dann noch fünfzehn Minuten von dort bis zum Hauptbahnhof.

Als Farideh im »Zugbegleiter« Flughafen Frankfurt a. M. liest, bekommt sie Herzklopfen. Wie lange ist das schon her, daß sie wegen Nebels umgeleitet wurden? Es kommt ihr vor wie eine Ewigkeit. Wären sie damals in Frankfurt und nicht in Köln gelandet, sie hätte niemals Hamid kennengelernt, niemals Marion, Mohammad, die Sonnenuntergangs-Susanne und die anderen.

5

Auch in Frankfurt liegen Schrebergärten an der Bahnstrecke. Farideh sieht Gartenhäuschen, die aus allen möglichen Brettern, Blechen und ausrangierten Fenster- und Türstöcken zusammengebaut sind. Sie muß an die Vorstadtviertel in Teheran denken, wo die wohnen, die sich keine Wohnung in der Stadt leisten können.

Der Frankfurter Bahnhof ist größer als der Kölner, betriebsamer, weitläufiger und verwirrender. Er wirkt wie ein verzweigter Bazar: Läden und Verkaufsstände, Menschen, verschiedene Gänge und Ausgänge, Lärm und eine Luft, die einen Staubgeschmack im Mund hinterläßt.

Farideh kommt sich in der hohen Halle zwischen all den Leuten verloren vor. Wenn Freydoun hier irgendwo herumliefe oder in einer Ecke stünde, sie würde ihn womöglich vor lauter Menschen gar nicht bemerken.

Und dann geschieht das gleiche wie bei ihrer Ankunft auf dem Kölner Flughafen. Sie hätte es im Zug erledigen können. Aber im Zug hatte sie dieses dringende Bedürfnis nicht. Nein, sie braucht keinen Bruder, der nach dem Britischen Museum fragen könnte. Sie entdeckt den Hinweis zur Toilette auf der Anzeigetafel und geht in die angegebene Richtung.

Was für ein Glück, daß Mohammad neunundvierzig Mark fünfzig zu ihrer Reise beisteuern konnte. Nein, die Toilettenbenutzung kostet keine neunundvierzig Mark, aber genau dieses Fünfzigpfennigstück. Ohne das hätte Farideh keine Möglichkeit, unten im Kellergeschoß des Frankfurter Hauptbahnhofs die Toilette zu benutzen. Eine Toilette, die ihr den Atem stocken läßt.

Die Kloschüssel stinkt und sieht aus, als sei sie jahrelang nicht mehr gesäubert worden: die Fliesen an den Wänden und auf dem Fußboden sind schmutzverschmiert; gewöhnlicher Dreck und Blutspuren, Reste von Erbrochenem.

Farideh flüchtet angewidert und in panischer Angst. Sie ist allein in dem Keller. Es gibt nicht einmal eine Aufsicht für die Damentoilette. Sie muß an öffentliche Toiletten in Teheran denken: stinkende Löcher voller Ungeziefer. Solange sie dort lebte, empfand sie das als den normalen Zustand. Doch jetzt ist sie schockiert.

Sie rennt die Treppe vom Kellergeschoß nach oben, flüchtet ins Freie und blinzelt gegen das Sonnenlicht eines Sommertages, der sehr heiß zu werden verspricht.

Sie steht vor einem Seiteneingang des Bahnhofs am Rande des Bahnhofsvorplatzes. Der Platz ist von breiten Verkehrsstraßen zerschnitten.

Farideh schlägt die Richtung ein, in die sie nach der Farsad-Freydoun-Beschreibung gehen muß, sucht Fußgängerüberwege, hält Mohammads Tasche fest, findet die Straße, vergewissert sich noch einmal von der gegenüberliegenden Seite des Platzes, ob sie die Richtung nicht verwechselt hat. Sie muß die Straße bis zur nächsten Ecke hinuntergehen. Das Lokal soll an der Moselstraße, Ecke Münchner Straße liegen. Es ist kein persisches Restaurant, nur eine der üblichen Kneipen. Dort verkehrt dieser Mostafa.

Farideh kommt an Geschäften vorbei, an Sexshops, Nachtbars, sieht Stripteasetänzerinnen auf Fotos in Schaukästen; in der geöffneten Tür eines Lokals mit lila Samtvorhängen lehnen zwei Frauen mit blassen Gesichtern und rotgeschminkten Lippen. Sie tragen kurze Röcke, rauchen und grinsen Farideh an. Sie hastet vorbei. Ein Schwall Putzwasser wird aus einem Eimer auf die Straße gegossen.

Zögernd steht sie schließlich vor der Eckkneipe. Die Tür ist offen. Ein Streifen Sonnenlicht fällt ins Innere. Am liebsten würde sie umkehren. Sie gibt sich einen Ruck, preßt die Sporttasche mit dem Proviant, den Papiertaschentüchern und den Fahrkarten gegen die Brust und steigt die drei Steinstufen zum Eingang hinauf.

Als sie eintritt, muß sie sich erst an das Dämmerlicht gewöhnen. Am Bartresen sitzen zwei Männer und trinken Bier; der eine liest Zeitung, der andere fixiert den Geldspielautomaten, dessen Drehscheiben immer wieder plötzlich stoppen, ohne einen Gewinn auszuwerfen.

»Was willst *du* denn hier?« fragt eine laute Frauenstimme.

Farideh wendet den Blick von den beiden Männern ab, die nicht wie Iraner aussehen. Der am Automaten könnte Türke sein, der andere sieht aus wie alle hier.

Hinter dem Tresen arbeitet eine kräftige blonde Frau. Sie ist älter als Ulla. Die Haare sind dünn und ungepflegt. Die wäßrigblauen Augen starren Farideh an.

»Mostafa«, stößt Farideh hervor, »ich möchte Mostafa sprechen!«

»Mostafa?« Das Gesicht der Frau bleibt unbewegt.

Farideh spürt ihr Herz bis in den Hals klopfen. Die Hände, mit denen sie immer noch die Sporttasche an sich preßt, sind feucht. Sie nickt, und dann sagt sie, was auch Freydoun hatte sagen müssen: »Farsad schickt mich!«

Die beiden Männer haben bisher nicht auf sie geachtet. Jetzt fängt sie einen raschen, prüfenden Blick von dem auf, der den Geldspielautomaten bedient. Auch das Gesicht der Frau verändert sich.

»Farsad schickt dich?« fragt sie, wendet sich rasch dem türkisch aussehenden Gast zu, lacht, und ihr Lachen klingt gezwungen und zu laut. »Sieh dir das an! Die Kleine kommt von wer weiß woher hier rein, behauptet, ein gewisser Farsad schickt sie, und fragt nach Mostafa! He, hast du gehört? Wir machen hier doch keinen Mädchenhandel auf, oder?« Sie spricht rasch und im Frankfurter Dialekt, den Farideh nur mühsam versteht.

Der, der über der Zeitung sitzt, befiehlt leise und ohne aufzusehen: »Halt die Klappe!« Sofort reißt das Lachen der Frau ab.

Farideh fühlt sich unbehaglich, fürchtet, im nächsten Moment hinausgeworfen zu werden. Aber sie *muß* Freydoun finden! Sie darf sich jetzt nicht einschüchtern lassen.

»Ich suche meinen Bruder«, sagt sie rasch und versucht, so laut wie möglich zu sprechen, so, wie Bibijun spricht, wenn sie keine Widerrede wünscht. »Er heißt Freydoun und war vorgestern oder gestern hier und hat sich mit Mostafa getroffen. Er ist aber nicht nach Hause gekommen. Und jetzt will ich wissen, wo er ist.«

»Freydoun? Nie gehört!« sagt die Frau und hat wieder den unbewegten Gesichtsausdruck.

Farideh fühlt sich von den Blicken des türkisch aussehenden Mannes belauert.

Sie nimmt all ihren Mut zusammen. »Ich *weiß*, daß er hier war! Farsad hatte ihm genau gesagt, wie er hierherfinden würde. Es war wegen Onkel Hossein –«

»Hossein Chabiri?« unterbricht der Mann über der Zeitung, blickt auf und betrachtet zum ersten Mal Farideh. Farideh spürt, wie ihr Herz einen Herzschlag überspringt: Dieser Fremde kennt Onkel Hosseins vollständigen Namen!

»Hör mal, Kleine, es ist besser, wenn du jetzt verschwindest! Das hier ist kein Kinderspielplatz. Kleine Mädchen wie du gehören nach Hause.« Das ist die Wirtin.

Farideh beruhigt ihr Herz und schüttelt starrsinnig den Kopf. »Ich *muß* Freydoun finden! Sie schicken sonst die Polizei, um ihn zu suchen.«

In den wäßrigblauen Augen der Frau entdeckt Farideh zum ersten Mal einen Ausdruck. Es sieht aus, als wollte die Frau zornig werden.

»Laß das Mädchen in Ruhe«, sagt der am Automaten. Der über der Zeitung nimmt einen Schluck Bier, betrachtet Farideh, wendet sich dann wieder seiner Lektüre zu und sagt ganz nebenbei: »Gestern war ein Junge da, ich weiß nicht, ob das dein Bruder war.«

»Wo ist er?« fragt Farideh und merkt, daß ihr nun doch vor Aufregung die Luft wegbleibt.

»Weiß ich nicht! Er ist wieder gegangen. Aber heute morgen habe ich ihn bei den Pennern am Bahnhof gesehen, falls dir das was nützt.«

Farideh rennt hinaus auf die Straße, den Weg zurück zum Bahnhof: Onkel Hossein ist nicht mehr wichtig. Wichtig ist nur, Freydoun zu finden. Sie sieht keine Stripteasetänzerinnen, keine Nachtbars und keine Frauen in Türöffnungen mehr. Diesmal nimmt sie nicht die Fußgängerüberwege, sondern die Rolltreppe zur unterirdischen Fußgängerpassage, die zum Bahnhof führt. Sie orientiert sich an den Hinweisschildern, blickt sich immer wieder suchend nach Freydoun um, aber hier unten entdeckt sie keine Penner, keine

Rucksackleute und keine Stadtstreicher. Über eine andere Rolltreppe findet sie hinauf in die Bahnhofsvorhalle. Auch hier sieht sie nicht, was sie sucht. Vielleicht, überlegt sie sich, ist Freydoun schon nach Köln unterwegs?

Sie blickt auf die Bahnhofsuhr. In vierzig Minuten ginge der nächste Zug. Was, wenn Freydoun doch hier irgendwo steckt? Farideh sieht sich noch einmal draußen um. Vor der Bahnhofshalle sind bepflanzte Sitzecken mit Parkbänken angebracht. Sie weicht einem Körper aus. Da liegt ein Mann auf dem Straßenpflaster vor dem Bahnhof und rührt sich nicht. Er könnte tot sein. Niemand kümmert sich um ihn, die Passanten gehen an ihm vorbei, als gäbe es ihn nicht.

Zwischen den Bänken liegt Abfall: leere Getränkedosen und Flaschen, Papierreste, weggeworfene Zigarettenschachteln. Auf den Bänken sieht sie betrunkene Männer schlafen. In einer Ecke eine Gruppe, die eine Schnapsflasche kreisen läßt. Einer redet lautstark.

Dann sieht sie Freydoun. Er sitzt etwas abseits auf einer der Umfassungsmauern, Ali Babas Teppich liegt zusammengerollt neben ihm. Freydoun sieht aus, als sei er in sich zusammengesunken und starrt vor sich hin auf das verdreckte Straßenpflaster.

»Freydoun!« schreit Farideh und rennt los. »Freydoun!«

Nicht nur Freydoun hebt den Kopf. Farideh wird von allen Seiten angestarrt.

»Farideh!« sagt Freydoun und macht ein Gesicht, als sei seine kleine Schwester ein rettender Engel. »Wie kommst du denn hierher?« Dann schließt er sie in die Arme, und Farideh hat das Gefühl, er klammere sich an ihr fest.

Sie lacht. Noch nie hat sie sich so stark gefühlt, sie löst sich aus seinen Armen, nimmt ihn an der Hand. »Komm«, drängt sie, »wir müssen uns beeilen, wenn wir den nächsten

Zug erwischen wollen!« Sie bemerkt nicht, wie verstört Freydoun ist.

»Welchen Zug wohin?« fragt er und bleibt stocksteif stehen.

Was für eine Frage!

»Den nach Köln!«

»Es hat keinen Sinn mehr«, sagt Freydoun und setzt sich wieder auf das Mäuerchen.

»Was hat keinen Sinn mehr?«

»Wir werden niemals bei Onkel Hossein leben können. Verstehst du, Farideh? Es war völlig egal, wo das Flugzeug landete, ob in Frankfurt oder Köln. Wir hätten auch in Frankfurt niemals unter dem Schutz unserer Familie gestanden. Wir sind ausgeliefert!«

»Ausgeliefert?«

»Ohne Schutz ausgeliefert. Wie Waisenkinder!« Freydoun ist verzweifelt. Nicht mehr bockig. Nicht mehr starrsinnig und nicht einfach nur traurig. Er blickt wieder auf den schmutzigen Boden zu seinen Füßen. »So will ich nicht leben, Farideh. Du mußt das verstehen. Du bist meine Schwester. Ich wäre lieber tot, wie Ahmad.«

Farideh erschrickt. Da ist wieder die Angst um Freydoun. Am liebsten würde sie ihn wie eine Puppe in die Reisetasche packen und mit in den Zug nehmen.

Sie weiß nicht, was Mama tun würde, oder Bibijun, wenn es darum geht, einen verzweifelten großen Bruder zur Vernunft zu bringen. Sie weiß nur plötzlich, wie sie es versuchen könnte.

Sie drängt nicht mehr, den nächsten Zug zu erreichen, setzt sich zu Freydoun auf das Mäuerchen, stellt Mohammads Tasche neben Ali Babas Teppich ab und sagt: »Du mußt aber mit nach Köln kommen, schon allein Marion zuliebe.«

131

Sie spürt ihr Herz im Hals hämmern. Was, wenn er nicht darauf hereinfällt? Freydoun schweigt eine ganze Weile. Farideh bekommt vor lauter Herzklopfen kaum noch Luft.

Endlich fragt er: »Was ist mit Marion?«

Farideh bemüht sich, ruhig und überzeugend zu antworten. Sie holt tief Luft.

»Weißt du, Freydoun«, sagt sie, »weißt du, ich habe Marion eigentlich versprochen, dir nichts zu sagen. Es ist so, wie das Versprechen, das du mir wegen Marion abgenommen hast.« Hier macht Farideh absichtlich eine Pause, wartet.

Endlich begreift Freydoun. Er wird feuerrot, hebt endlich den Blick vom Boden und starrt Farideh ungläubig, aber auch hoffnungsvoll an. »Du meinst –«, er stockt, überlegt, redet weiter: »Du meinst, Marion ist –«, er stockt schon wieder, »Marion findet mich gar nicht so schlecht?«

Farideh nickt. Wenn sie Freydoun dazu bewegen will, nach Köln zurückzufahren, muß sie ihre Rolle weiterspielen.

»Also«, sagt sie, »es ist mehr. Du weißt schon! Aber da ist noch eins, was ich dir nicht gesagt habe.« Sie macht wieder eine Pause.

»Was?« Freydouns Verzweiflung scheint ihn wieder losgelassen zu haben. Jetzt hat er nur noch Marion im Kopf.

»Marion ist krank. Ich glaube, es wäre besser, du kämst so schnell wie möglich nach Köln zurück!«

Bei der Seele des Propheten, denkt Farideh, was erzähle ich nur, wenn wir angekommen sind?

6

Hamid holt sie am Kölner Hauptbahnhof ab. Farideh entdeckt ihn, als sie hinter Freydoun aus dem Zug steigt. Er wirkt klein zwischen all den Leuten. Er ist auch kleiner als die Menschen, die hier geboren sind.

»Da seid ihr also«, sagt er und macht ein ernstes Gesicht. Aber dann nimmt er Farideh für einen Augenblick an die Hand und Freydoun in den Arm. »Ich bin froh, euch gesund wiederzusehen!« Das sagt er leise, läßt Faridehs Hand und Freydouns Schulter los und wendet sich den Treppen zu, macht wieder das ernste Gesicht. Sie gehen hinunter in die Bahnhofshalle, von dort in die Tiefgarage. Hamid fährt sie ins Heim zurück und legt keinen Augenblick die ernste Miene ab.

Das Mittagessen ist längst vorbei, als sie eintreffen. Um diese Zeit werden im Gemeinschaftsraum Hausaufgaben gemacht. Nur Tobias ist nicht davon betroffen. Er kurvt auf seinem Dreirad im Flur herum.

Hamid hat während der Fahrt kein Wort mit ihnen gesprochen. Bedrückt betreten Farideh und Freydoun hinter ihm das Heim.

Tobias macht mitten im Flur eine Kehrtwendung und kommt ihnen entgegengeradelt. Als er Freydoun sieht, vollführt er mit beiden Füßen auf dem Linoleum, auf dem er eigentlich gar nicht Dreirad fahren darf, eine Vollbremsung, quietscht vor Freude. »Allo!« schreit er und meint Freydoun, steigt vom Dreirad ab und läuft auf ihn zu. Farideh sieht ganz genau, daß Hamid in diesem Augenblick überrascht ist und lächelt.

Freydoun nimmt den kleinen Kerl auf den Arm. »Na, du!« sagt er und hat eine Stimme, als sei er erkältet.

»Allo!« sagt Tobias zufrieden. Es ist das erste Wort, das er spricht, seit sie im Februar ankamen.

Hamid räuspert sich. »In einer halben Stunde«, sagt er, »müssen wir im Büro des Direktors sein. Vorher will ich wissen, was passiert ist. Ihr habt also zehn Minuten Zeit, eure Sachen abzulegen, euch die Hände zu waschen und die Haare zu kämmen. Danach seid ihr bitte in meinem Büro.«

Farideh und Freydoun hasten die Treppen hinauf.

»Und Marion?« will Freydoun wissen. »Liegt sie in eurem Zimmer oder auf der Krankenstation?«

Farideh spürt, daß sie rot wird. Wie soll sie ihre Lüge erklären? Es wäre am einfachsten, erst einmal weiterzuschwindeln. Marion im Krankenzimmer wäre im Augenblick die geeignete Notlösung.

Sie haben den zweiten Stock erreicht. »Also heute morgen«, sagt Farideh und druckst herum, »heute morgen war Marion schon –« Sie will eigentlich sagen: schon im Krankenzimmer, da wird sie von einer Marion, die quicklebendig ist, unterbrochen.

»Mensch! Endlich!«

Freydoun macht ein Gesicht, als stünde ein Monster auf dem Treppenabsatz.

»Ich warte schon eine Ewigkeit auf euch! Und das ist gar nicht so einfach! Im Augenblick führt nämlich der Hausdrache Ulla die Aufsicht im Gemeinschaftsraum!«

Freydoun wirft Farideh einen fragenden Blick zu. Farideh bleibt so rot, wie sie ist, und klappt schuldbewußt die Augenlider nieder. Schließlich fragt Freydoun verlegen: »Du bist gar nicht krank?«

Marion stutzt. »Krank?«

Wenn ihr jetzt nur eine gute Antwort einfällt, denkt Farideh.

»Farideh sagte, du seist krank und du –«, Freydoun wird noch eine Spur verlegener, er blickt nicht Marion an, sondern die Schwester. »Und du – ich meine, Farideh sagte, sie sagte –«, er stockt wieder.

Farideh gibt sich den Ruck, den sie manchmal nötig hat, wenn sie am liebsten davonliefe. »Ich habe Freydoun weisgemacht, du seist in ihn verknallt. Anders hätte ich ihn nicht nach Köln zurückbekommen«, sagt sie und weiß, daß Freydoun nun entweder einen Tobsuchtsanfall bekommt oder vielleicht wegrennt oder sonst eine Katastrophe passiert.

Eine ganze Weile lang sagt niemand etwas. Freydoun starrt Farideh an. Farideh blickt zu Boden, und Marion versucht so unbeteiligt wie möglich auszusehen.

»Ja dann«, sagt Freydoun nur, wendet sich ab und geht in das Zimmer der Jungen. Da, wo er eben noch stand, denkt Farideh, da ist ein dicker Fleck Traurigkeit.

Marion versucht eine Grimasse zu ziehen, es gelingt ihr nicht.

Farideh sieht sie zum ersten Mal rot werden.

»Also, weißt du, Fa –«, sagt sie nur.

Dann dreht sie sich unvermittelt um und rennt hinter Freydoun her, reißt die Tür zum Jungenzimmer auf, und Farideh hört, wie sie Freydoun zuruft: »Okay! Es stimmt! Aber mach bloß keine Tragödie daraus! Ich bin keine, der man den Kopf abschlägt! Und tu mir einen Gefallen: Sag Mariam Bescheid! Wenn zwischen uns was ist, kann sie nicht mit dir rumturteln!«

Marion wartet keine Antwort ab, rennt an Farideh vorbei zum Gemeinschaftsraum und sieht aus, als wäre sie ein leibhaftiges Erdbeben.

Acht Minuten später klopft Farideh an Hamids Tür und

zieht einen Freydoun mit heißen Ohren hinter sich her ins Büro. Hamid steht am Fenster und kehrt ihnen den Rücken zu.

»Ich will keine Entschuldigungen und keine Ausflüchte«, sagt er und ist so streng, wie er nur sein kann, »ich will die Wahrheit hören!«

7

»Hallo, Monko«, flüstert Farideh unter der Bettdecke dem Plüschhund ins Schlappohr, »was sagst du dazu, daß Freydoun und ich es geschafft haben?«

Ohne Marions Tip mit der Bahnhofsmission hätte es allerdings nicht geklappt. Farideh hatte, als sie Freydoun fand, noch neun Mark fünfundneunzig in der Tasche, Freydoun hatte gar kein Geld. Es war ihm nachts gestohlen worden. Natürlich war es nicht einfach, die Leute von der Bahnhofsmission zu überreden, Freydouns Fahrkarte nach Köln zu bezahlen. Farideh gab ihnen die Telefonnummer des Waisenhauses und bat sie, mit Hamid zu sprechen, obwohl es so früh war, daß Mohammad Hamid noch nicht die Wahrheit gesagt hatte. Hamid bestätigte, daß er die Kosten erstatten würde.

»Also, was sagst du dazu?«

Monko sagt gar nichts, wie er es immer tut.

»Weißt du«, fährt Farideh fort, »weißt du, daß ich ein heimatliches Gefühl bekommen habe, als der Zug Köln erreichte und durch die Stadt rollte? Ist das nicht seltsam? Köln ist schließlich nicht Teheran.«

Mitternacht muß längst vorbei sein. Es war ein langer

Tag. Als das Licht im Zimmer gelöscht war, mußte Farideh noch einmal alles bis in die kleinsten Einzelheiten erzählen. Yvonne verzichtete sogar auf ihre Monstergeschichte. Schließlich schliefen Mariam, Yvonne und sogar Marion ein, und nun ist Monko an der Reihe, zuzuhören, auch wenn er nicht gerade der aufregendste Gesprächspartner ist.

Aber das macht nichts. Noch ist Farideh mit Monko zufrieden.

»Stell dir vor«, sagt sie, »selbst der Hausdrache Ulla freute sich, Freydoun und mich wiederzusehen, und war ganz besorgt, weil sie dachte, wir müßten fast verhungert sein.«

Auch ein Hausdrache bringt einen Plüschhund nicht aus der Ruhe.

»Weißt du, Monko!« Farideh kichert leise unter der Bettdecke. »Wir hatten gar keinen Hunger! Ulla konnte nicht wissen, daß ich die Marmeladenbrote dabeihatte. Die haben wir im Zug gegessen. Ich habe Freydoun auch den zweiten Apfel überlassen. Er war ganz ausgehungert.«

Monko scheint es überhaupt nicht zu interessieren, daß der arme Freydoun nicht hatte frühstücken können, weil er keinen Pfennig mehr besaß.

»Woraus folgt, lieber Monko, daß es in diesem Paradies nicht nur verhaltensgestörte Kinder gibt, die klauen!«

Monko nickt nicht mal.

Nachdem ein junger Mann von der Bahnhofsmission für Freydoun eine Fahrkarte gekauft hatte, erreichten sie gerade noch rechtzeitig den Intercity, der um 11 Uhr 47 von Frankfurt in Richtung Köln abfährt. Freydoun hatte keine Ahnung vom Zugfahren, und Farideh bemühte sich, ihn nicht spüren zu lassen, wie stolz sie war, alles erklären zu können. Als wäre es das Selbstverständlichste von der Welt, täglich von Köln nach Frankfurt und zurück zu fahren, suchte sie für sich und Freydoun einen Zweiersitz im Großraumwagen aus, reichte dem Schaffner unaufgefordert die beiden Fahrkarten und Zuschläge, erzählte ungefragt, daß sie zu Besuch in Frankfurt gewesen seien, wunderte sich nur, daß der Schaffner ihr trotzdem einen zweifelnden Blick zuwarf und meinte, das sei aber ein kurzer und einseitiger Besuch gewesen! Daran hatte sie nicht gedacht, daß die Uhrzeit ihrer Hinfahrt auf die Rückseite der Fahrkarte gestempelt war.

Während Freydoun das Marmeladenbrot und die beiden Äpfel verschlang und die Kakaoflasche zur Hälfte leerte, fragte Farideh ihn aus.

Freydoun war weder mit der Bahn gefahren, noch war er getrampt. Farsad hatte ihm eine Mitfahrgelegenheit organisiert.

Der Mann, ein Iraner, hatte ihn am Hauptbahnhof in Köln mit dem Wagen abgeholt und ihn am Hauptbahnhof in Frankfurt abgesetzt.

»Ich glaube, er ist Koch wie Farsad und sucht einen neuen Job.« Freydoun wußte es nicht genau. Er hieß Abbas und war anscheinend genauso schweigsam wie Freydoun.

Gegen neun Uhr wollte er Freydoun am nächsten Abend vor dem Frankfurter Bahnhof wieder abholen und mit nach Köln zurücknehmen. So hatten sie es abgemacht. Aber Freydoun wartete vergeblich.

»Und Mostafa? Und Onkel Hossein? Gibt es diesen Mostafa überhaupt?«

Zuerst hatten sie Freydoun gar nichts sagen wollen, als er nach Mostafa fragte, doch Freydoun hatte nicht lockergelassen: Dreimal wurde er aus der Kneipe weggeschickt, und dreimal kam er wieder. Beim dritten Mal sagte einer der Männer, die dort Bier tranken, Freydoun solle am nächsten Morgen gegen zehn wiederkommen, dann könnte er vielleicht Mostafa sprechen.

»Und wo hast du übernachtet?«

Freydoun lächelte stolz: »Wie Marion! Ich habe zwei Jungen gefunden, die wollten immer schon mal bis nach Teheran reisen und haben mich ausgefragt, wie es dort ist, ob es Züge gibt, wo man übernachten kann und so.«

»Und du hast ihnen alles auf Deutsch erklären können?« Farideh staunte.

»Es war nicht leicht«, gab Freydoun zu, »aber immerhin haben sie mich dann bei sich schlafen lassen.«

Sie bezahlten ihm am nächsten Morgen sogar das Frühstück, obwohl Freydoun an jenem Morgen noch achtunddreißig Mark besaß, das Geld, das er für die Reise zusammengespart hatte.

Um zehn Uhr traf er tatsächlich Mostafa.

»Ist es ein türkisch aussehender Mann?«

»Nein, Mostafa ist Iraner, und er kannte Onkel Hossein. Farsad hat nicht gelogen.«

»Und was ist mit Onkel Hossein?«

»Onkel Hossein«, sagte Freydoun niedergeschlagen, »Onkel Hossein ist nicht mehr in Frankfurt und auch nicht mehr in Deutschland. Mostafa sagte, Onkel Hossein habe immer davon geredet, in den Iran zurückzugehen. Vielleicht habe er das getan. Es ging um irgend etwas Politisches. Das habe ich nicht verstanden. Mostafa sagte, wir müßten die Regierung im Iran ändern, und fragte mich sogar, ob ich mitmachen wolle. Aber du weißt ja, Farideh, ich bin ein Feigling. Ich habe ihm gesagt, das könnte ich meinen Eltern nicht antun.«

»Du bist kein Feigling!«

Nach dem Gespräch mit Mostafa hatte Freydoun die Zeit bis zum Abend totgeschlagen.

Er war irgendwelche Straßen entlanggelaufen, hatte sich zwischendurch auf eine Bank oder ein Mäuerchen gesetzt. Wenn er Hunger bekam oder Durst, kaufte er sich irgend etwas an einer Imbißbude. Er war traurig, aber noch nicht verzweifelt. Während dieser Zeit fing er an, darüber nachzudenken, was es bedeutete, die Hoffnung auf Onkel Hossein endgültig aufzugeben. Als er dann vergeblich auf Abbas wartete, keinen Schlafplatz fand und am nächsten Morgen ohne Geld aufwachte, wuchs seine Traurigkeit zur Verzweiflung. Auf einmal hatte alles keinen Sinn mehr.

»Du siehst, Monko, es war ziemlich schwierig!«

Monko sieht gar nichts, auch nicht, daß Farideh die Decke an einer Ecke lüftet, damit sie nicht im eigenen Mief erstickt.

Farideh muß an das Gespräch in Hamids Büro denken.

Nein, wütend ist Hamid nicht geworden. Er war nur verärgert, und er war enttäuscht. Freydoun erzählte ihm alles, auch, daß er in der zweiten Nacht niemanden gefunden hatte, der etwas über Teheran hören wollte und ihm dafür einen Schlafplatz anbot. Schließlich war er einem Betrunkenen in einen abgestellten Bahnwaggon hinterhergeklettert und dort irgendwann eingeschlafen.

Es tut weh, an diese Unterredung mit Hamid zu denken. Er ist kein einziges Mal laut geworden, er hat nur gesagt: »Ihr habt mich enttäuscht. Ihr wißt sehr genau, daß ich immer für euch da bin, daß ihr mit allem zu mir kommen könnt. Ihr hättet nicht in dieser Weise auf eigene Faust handeln dürfen. Es wird eine Weile dauern, und es wird von euch abhängen, bis ich euch wieder so vertrauen kann, wie ich es bisher getan habe.«

Zwei Wochen dürfen Farideh und Freydoun das Heim in den Freistunden nicht mehr verlassen. Sie müssen den Kontakt zu Farsad abbrechen. Hamid ist am späten Nachmittag zu Farsad gefahren und hat lange mit ihm gesprochen. Was dabei herausgekommen ist, hat er nicht erzählt.

»Ach, Monko!« seufzt Farideh, »warum begreifen die Erwachsenen nicht, daß man manchmal gar nicht anders kann, als etwas zu tun, was genau das Richtige ist, während man eigentlich alles falsch macht? Kannst du mir das sagen?«

Nein, Monko kann es ihr nicht sagen.

»Und was sagst du zu Freydoun? Ich finde, es war mutig von ihm, alles über Onkel Hossein herausfinden zu wollen, findest du nicht?«

Monko findet gar nichts.

Vielleicht werde ich zu alt für Plüschhunde, überlegt Farideh, klappt die Zudecke hoch, taucht aus dem Mief auf und legt sich zum Einschlafen auf dem Kopfkissen zurecht.

»Fa?« Das ist Marion.

»Ja?«

»Was hast du unter der Decke gemacht. Geheult?«

»Ich habe mich mit Monko unterhalten, aber er ist ein ziemlich miserabler Gesprächspartner.«

Marion kichert. »Also Fa, weißt du, nur Bekloppte reden mit Plüschhunden. Das muß mal in aller Klarheit gesagt werden.«

* * *

141

Am 20. August 1988 vereinbarten die Regierungen des Iran und des Irak einen Waffenstillstand.

Am 27. Juli 1989 brachte Hamid eine Gruppe Kinder zum Kölner Flughafen und verabschiedete sie dort. Sie durften nach Hause zurückkehren, nachdem es Hamid gelungen war, den Eltern in langen Telefongesprächen klarzumachen, daß dieses Paradies, in das sie ihre Kinder geschickt hatten, für ihre Kinder ein schwieriges und fremdes ist.

Farideh und Freydoun gehörten zu dieser Gruppe, auch Mohammad.

Farideh, Marion, Freydoun und Mohammad haben sich heilige Eide geschworen, Briefe zu schreiben und die Freundschaft nicht abbrechen zu lassen.

Farideh weinte bitterlich, als sie Hamid ein letztes Mal umarmte.

Eine abschließende Bemerkung

Alle handelnden Personen in diesem Buch sind erfunden; ebenso die geschilderten Begebenheiten. Sie haben so, wie sie hier aufgeschrieben sind, ausnahmslos im Kopf der Autorin stattgefunden. Das Waisenhaus in Köln hat als Ort der Handlung nur stellvertretenden Charakter und steht in dieser Geschichte für Einrichtungen dieser Art, wie sie auch in Frankfurt, München oder Hamburg anzutreffen sind.

Nicht erfunden sind die geschilderten politischen, sozialen, kulturellen und psychologischen Hintergründe, denen ich auf meiner Spurensuche nach dem Schicksal der unbegleiteten Flüchtlingskinder aus den Kriegsgebieten dieser Welt begegnete.

Es führte zu weit, alle meine Recherchen zu diesem Buch hier aufzulisten. Presseberichte aus der »Frankfurter Rundschau«, der »Süddeutschen Zeitung«, dem »Spiegel«, der »Zeit« und dem »Kölner Stadt Anzeiger« gehören dazu, die von Harald Roth herausgegebene Anthologie »Es tat weh, nicht mehr dazuzugehören«, in der Kinderschicksale im Exil während des Naziterrors geschildert sind, und meine eigenen Reisen und Erfahrungen.

Einen ganz besonders warmen Dank möchte ich jedoch an dieser Stelle all jenen Mitarbeitern von Heimen und

Waisenhäusern aussprechen, die sich die Zeit nahmen, mir in Gesprächen wichtige Hinweise auf die Situation der betroffenen Kinder in ihren Einrichtungen zu geben. Sie haben sich bis an die Grenze der Erschöpfung für das Wohl dieser kleinen Flüchtlinge eingesetzt. Und sie sind immer noch gefordert, denn der Iran war nicht der einzige Kriegsschauplatz. Solange Kinder – wie jetzt selbst in der Kinderkonvention der UNO festgeschrieben wurde – mißbräuchlich an die Front geschickt werden dürfen, solange wird es Kinder geben, die schutzsuchend in unser Land geschickt werden. Es wäre ein Verbrechen, sie zurückzuweisen.

Köln, April 1990   Angelika Mechtel